King Solomon's Mines

所羅門王的寶藏

亨利·萊特·哈格特
（Henry Rider Haggard）著
林久淵　譯

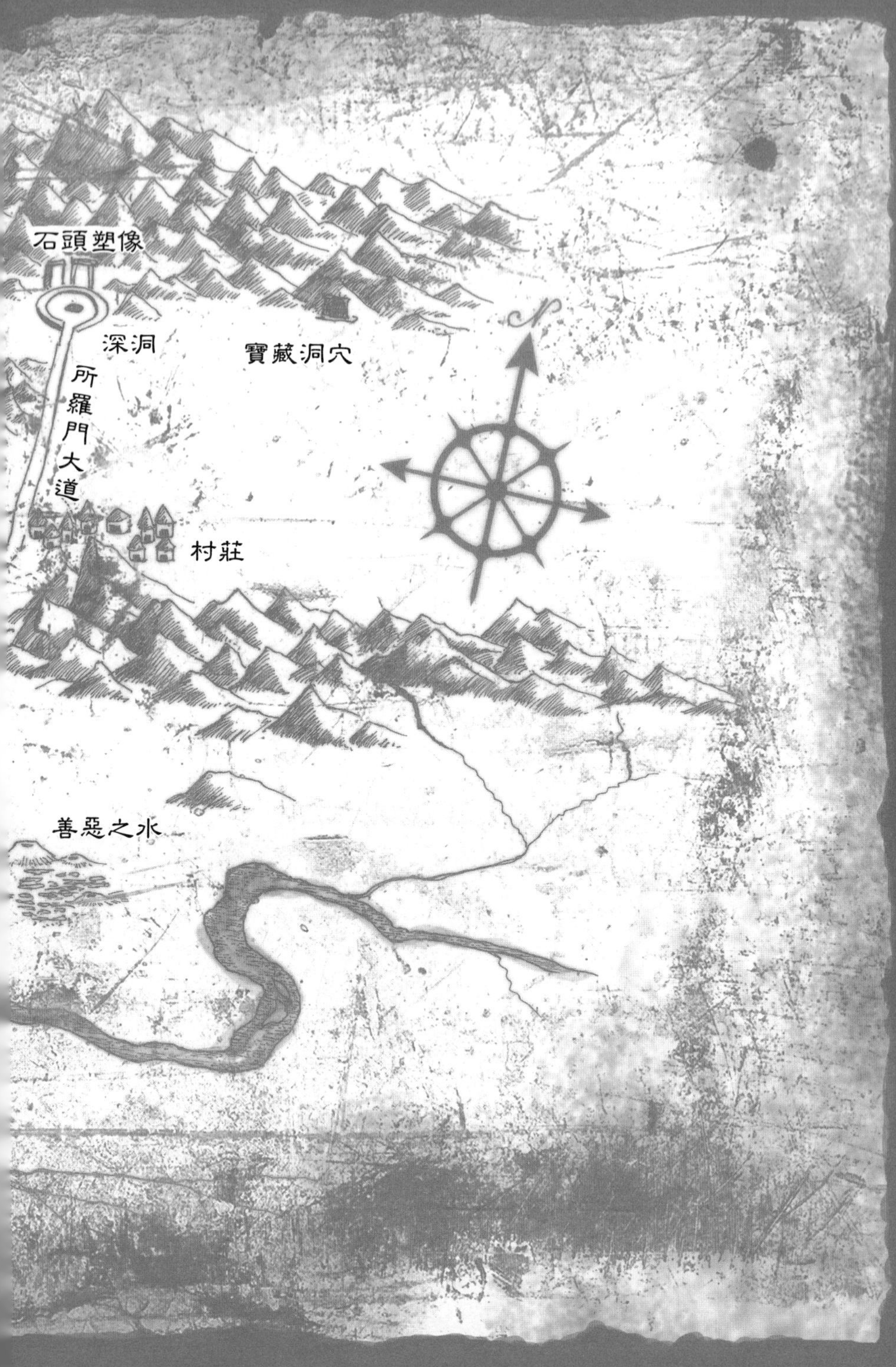
石頭塑像
深洞
寶藏洞穴
所羅門大道
村莊
善惡之水
N

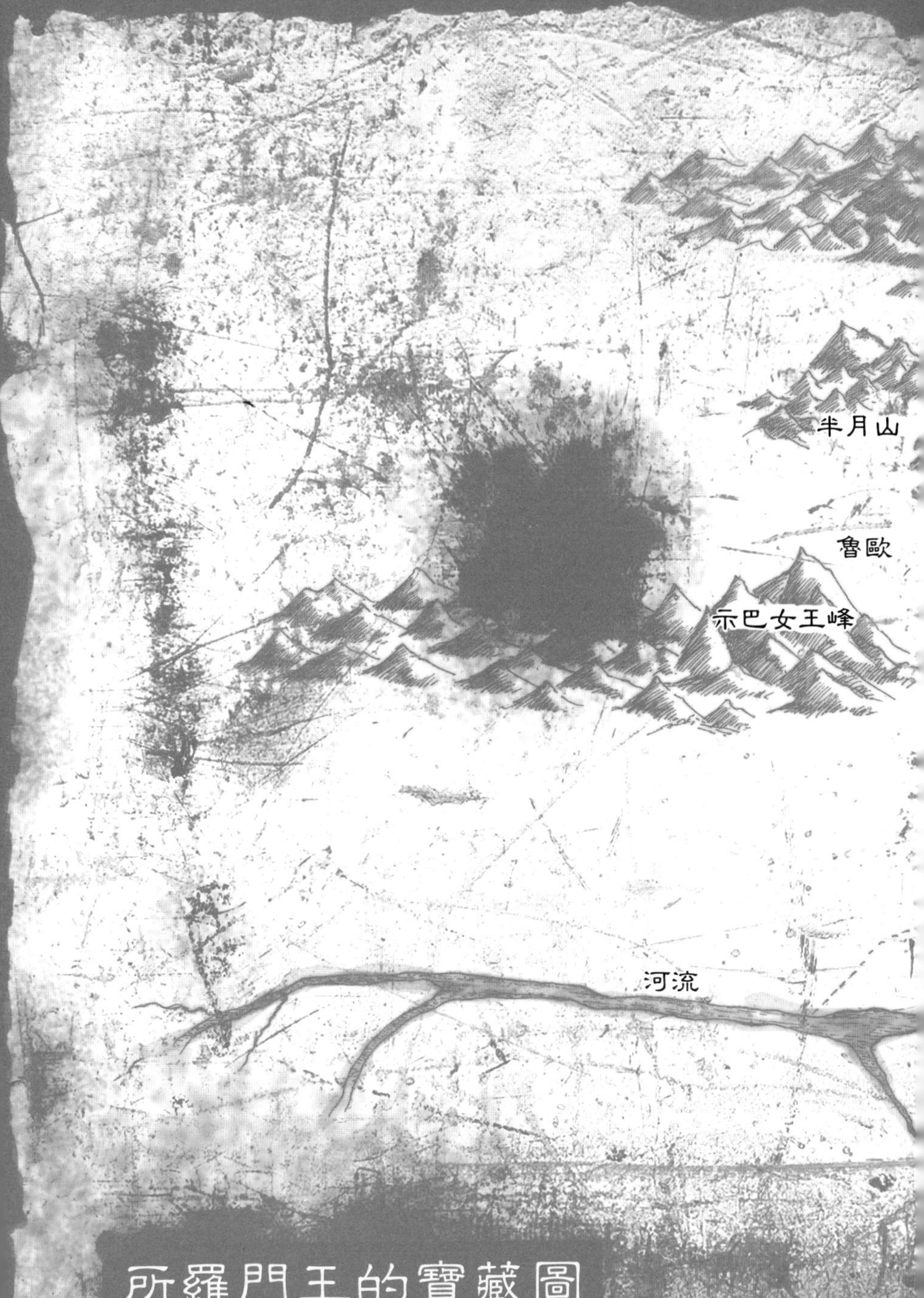

所羅門王的寶藏圖

目次

CONTENTS

人物介紹

烏姆寶帕

擁有健美的體型、古銅色皮膚，是未來庫庫安納國的國王。

亨利・科蒂斯爵士

一頭黃髮、金黃色的大鬍子，還有一對灰色大眼睛，斯文有型。

艾倫・誇特曼

機智過人，留著灰色鬍子，身材中壯。戴著牛仔帽。

古德・約翰上校

皮膚黝黑，右眼常戴著一片眼鏡，卻不見戴眼鏡的鍊子只是掛在那兒。

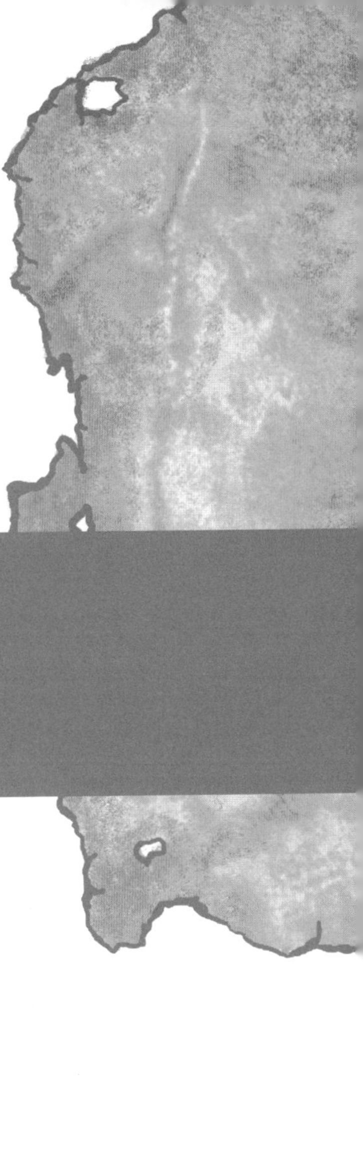

最耀眼的探險家：
亨利・萊特・哈格特
Henry Rider Haggard

亨利・萊特・哈格特（Henry Rider Haggard，1856-1925）是一位公僕、改革者、委員和知名作家，作品豐富，一生大約寫了六十幾本小說，其中冒險小說就多達三十四本。而最有名的一本即是一八八五年所寫的《所羅門王的寶藏》。

萊特・哈格特於一八五六年出生在英國諾福克郡。他是律師的第六個兒子，他也在英格蘭東部的易普威治接受教育。一八七五年，哈格特十九歲時，因為父親的爭取使他得以在南非總督手下做事，擔任納塔爾省省長祕書，因此在南非待了六年。哈格特對祖魯文化相當感興趣，不斷去了解並接觸當地的風景、野生生物、部族社會，甚至結交了一位非洲女友。種種因素使他深深愛上了當地的文化及自然景觀，也因此讓他於一八八六年只花了六星期就在非洲完成了《她》這本小說，並隨即於一八八七年在倫敦出版。那時三十一歲的他，其後也陸續推出了許多膾炙人口的作品。

哈格特回英國娶妻後，還舉家到非洲住了一段日子，可見他對非洲文化深深著迷，後來因為他當時居住的殖民地被割讓給荷蘭，於是他便搬回英國，致力於寫作。另有一說哈格特曾經考上律師，但因志趣不同，很快就辭掉工作，專心寫作。

哈格特初期的寫作生涯並不順遂，直到史蒂文生的《金銀島》問世，他以五先令作為賭注，賭他可以寫出更出色的小說，於是他在非洲的豐富經驗成就了《所羅門王的寶藏》。

因為《所羅門王的寶藏》的成功，哈格特在一八八七年又以非洲為背景寫了三個系列故事：《她》、《白女王與夜女王》與《杰斯》，其中《所羅門王的寶藏》和《白女王與夜女王》都曾改編為電影。一九五九年的電影「所羅門王的寶藏」（Solomon and Sheba）由珍娜露露布麗姬、尤伯連納主演；一九八五年《所羅門王的寶藏》其電影名稱則為「老天發威」（King Slomon's Mines），由莎朗史東與理查張伯倫主演。另一部「黃金雨」（Allan Quatermain And The Lost City Of Gold）則是在一九八七年由莎朗史東與理查張伯倫主演。

哈格特還嘗試了多方面寫作：心理學的《密森先生之願》、歷史小說《埃及豔后》、奇幻類的《史黛拉》，還有唯一的鬼故事《不過是夢》。同時，他對農業也有相當研究，他出版了不少相關的書籍。他的作品雖然評價相當高，但是因為他的反猶太主義和對世間的悲觀看法，讓他的名聲始終被打擊。

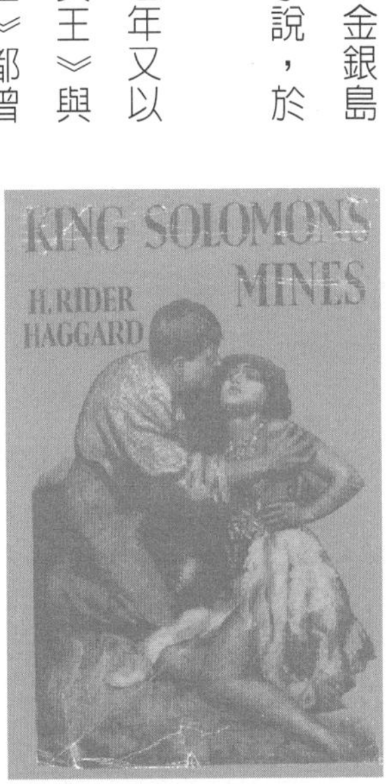

·「所羅門王的寶藏」原書封

亨利．萊特．哈格特年表

1856年　六月二十二日生於英國諾福克郡，父親威廉．哈格特是律師、鄉紳；母親艾拉．哈格特曾是一名企業作家。哈格特是律師父親的第六個兒子。

1875年　到南非總督手下做事，在南非的經歷爲他日後的寫作提供了大量素材。

1877年　去了已經歸附大英帝國的特蘭斯巴，開始寫關於非洲的文章給倫敦雜誌社。

1879年　回到英國，與多青罕姆領主的女兒路易芝瑪結婚，之後便潛心創作小說。

1884年　處女作《黎明》問世。

1886年　探險故事《所羅門王的寶藏》問世，獲得極大好評。

1887年　出版《白女王與夜女王》、《她》或《洞窟女王》和《杰斯》，同樣大獲讀者青睞。

1888年　出版《梅娃復仇記》，出版當日就賣出兩萬本的好成績，哈格特也因此成為名副其實的暢銷作家。

1889年　出版《克婁巴特拉》。

1891年　哈格特的獨生子去世。

1893年　出版*Montezuma's Daughter*

1901年　哈格特考察了英國的農業狀況。

1902年　隨後出版《英格蘭農村》。

1904年　出版《聖戰騎士錄》。

1912年　因廣泛參與社會公益活動而被封為爵士。

1925年　五月十四日於倫敦去世。

1926年　自傳《我的美麗人生》於逝世後一年出版。

1959年　第一部《所羅門王的寶藏》拍成電影，由珍娜露露布麗姬、尤伯連納主演，上映後大受好評。

1985年　陸續有不同所羅門王電影被翻拍，如「老天發威」。

1987年　《白女王與夜女王》也被拍成電影「黃金雨」。

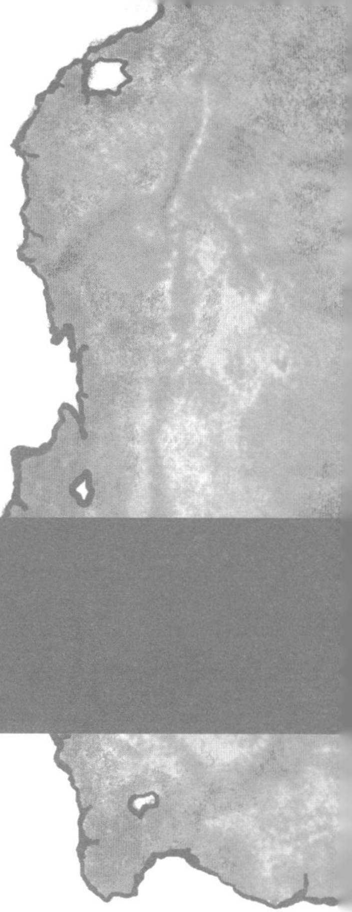

打造黃金聖殿的王：所羅門

King Solomon

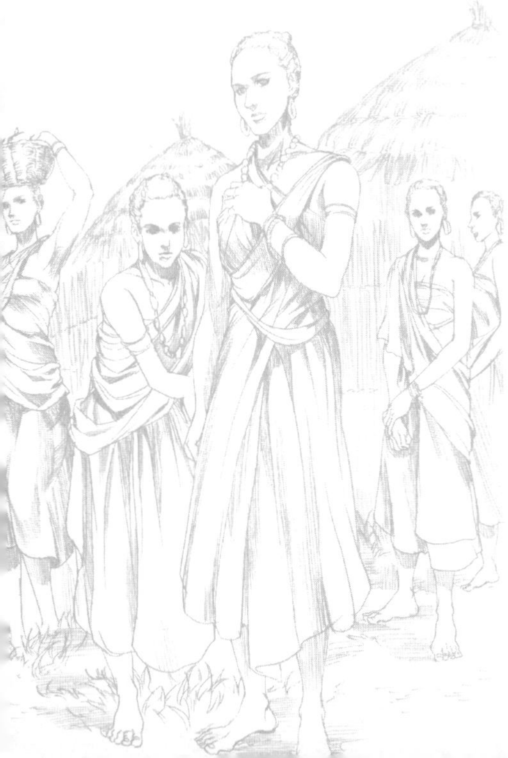

所羅門統治列王，從幼發拉底河到非利士地，直到埃及的邊界。原本所羅門並不會接續王位，但是因爲押沙龍的背叛，使得所羅門王擁有繼承的資格，一共做王四十年。自此世上的列王都求見所羅門王的面，要聽神賜給他的智慧。

當大衛作以色列王的時候，以色列興盛繁榮，那時大衛想到自己「住在香柏木的宮中，神的約櫃反在毫不起眼的幔子裡」（撒下七2），因此他想要爲神建造殿宇。可是神卻屬意大衛的兒子所羅門爲祂建造。結果，所羅門在即位後第四年，即公元前九六六年，動員三千六百人督工，七萬人扛抬，八萬人鑿石，用了七年時間，在耶路撒冷的聖殿山—大衛所指定的地方，建造了以色列人的第一所聖殿。聖殿的建材用了大衛爲神預備的金、銀、銅、鐵和紅瑪瑙、可鑲嵌的寶石、彩石和一切的寶石等。大衛更將自己積蓄的俄斐金約十萬兩千克和精鍊的銀子二十三萬八千克通通都獻上了，讓建造的人貼在殿牆。（參代上廿九2-4）。

完成的聖殿總長六十肘，寬二十肘，高三十肘，

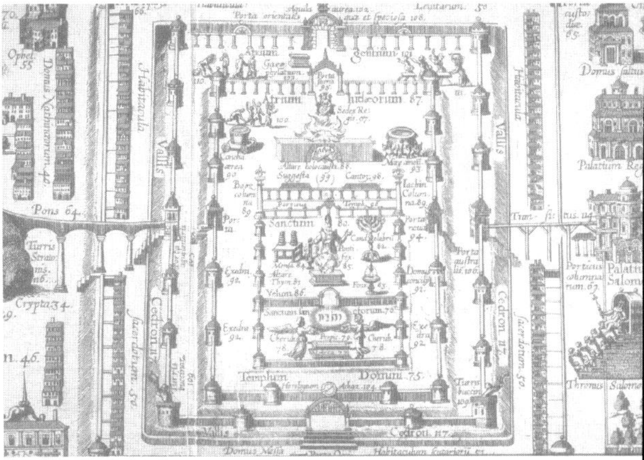

・聖殿內部圖

外殿有三層樓，並設計螺旋樓梯通往各層。另外石牆和石地板全都鋪滿香柏木，香柏木上還雕上天使、初綻的花朵及松柏，整座神聖殿鑲滿黃金、寶石，香柏，可說是金碧輝煌，價值連城。

當祭司將約櫃抬進至聖所，也是所謂的內殿，放在兩個基路伯的翅膀底下，基路伯在約櫃上面張開翅膀，遮蓋著約櫃和抬約櫃的槓。直到今日，那兩根槓還在那裡。此刻神的榮光充滿了神聖殿，連祭司都無法站立供職。自此，聖殿取代會幕，成爲以色列人獻祭和敬拜神的中心。會幕被拆卸後，一般相信被收藏在聖殿山的一個地下密室，（參王上八4）。

當然聖殿的寶庫除了無數金、銀、香料和貴重的膏油（參王下廿13）；皇宮的武庫也屯積所羅門用錘出來的金子打成的擋牌兩百面，以及盾牌三百面（參

·示巴女王來訪。

王上十16）。因此，以列色人的第一所聖殿不但壯麗輝煌，其中的寶藏也舉世聞名，更是列國覬覦之物。而這也造成他們日後被巴比倫搶掠的遠因（參王下廿12-13）。

建造聖殿中的插曲，示巴女王聽見所羅門的名聲，來到耶路撒冷，要用難題試試所羅門。她帶來駱駝馱著香料、大批黃金和寶石。她來到所羅門那裡，就把她心裡所有的難題，都對所羅門說出來。所羅門居然把她的一切難題，都給解答了。示巴女王看見所羅門的智慧和他建造的宮殿，於是她對所羅門說：「我在本國聽見關於你的事和你的智慧，本來不信，但親眼看見了，才知道你智慧的偉大。你的臣民和僕人是有福的，因爲他們可以常常隨侍在你面前，聆聽你的智慧。」

於是示巴女王把約四千公斤金子、大批香料和寶石送給所羅門王；示巴女王送給所羅門王的香料，是猶大地從來沒有過的。希蘭的僕人和所羅門的僕人從俄斐把黃金運來，也把檀香木和寶石運了來。之後所羅門王也回送她禮物；此外，還把女王所願所求的，通通都送給她。

第一章　初會亨利・科蒂斯

說來新奇，以我年過半百的歲數，我發現自己應該振筆寫個故事。這麼多發生在我生命之中的事，寫來不知會是何等模樣。或許由於起步得早，我的生涯顯得漫長許多。正當其他孩童還在求學時，我便在舊殖民地做起買賣維生。我從事買賣生意、狩獵、採礦等，但是八個月前我才攢了一筆積蓄，那是一筆鉅款，數目不詳，但我不願再經歷一次過去十五、十六個月的遭遇了，儘管我明白最終將獲得平安，以及一筆財富。另一方面，我是個膽怯的人，不愛暴力，更討厭冒險犯難。我不知爲何撰寫這本書，與我何干！雖然我熱愛舊約聖經和英格爾茲比傳奇，但我也不是個文學家，就讓我試著寫下理由吧！

原因一：出於亨利・科蒂斯爵士與約翰古德上校的要求。

原因二：因爲我現正帶著疼痛的左腳躺在德班。自從被那頭該死的獅子咬了之後，我就留下了宿疾，眼下情況很糟，甚至比起往昔病得更厲害。獅子的利牙肯定有毒，否則怎麼可能舊疾復發呢？在我有生之年已殺死六十五頭獅子，竟讓第六十六頭獅子猶如嚼菸草般的嚼了我的腿，這簡直有悖常理。此外，向來行事中規中矩的我，也不愛那樣的事。

原因三：我想取悅正在倫敦醫院學醫的兒子，讓他約莫一週不再胡鬧。醫院工作必定很枯燥無味，成天解剖屍體也會讓人感到無趣，我想，這可以帶給他一點活力。

原因四：也是最後一個原因。我想要敘述我所知悉的故事中，最爲離奇的一個。

我名爲艾倫，是納塔爾省德班市的一名紳士，我一生殺過許多人，但我從未濫殺無辜，除了出於自衛。上帝賦予我們生命，我猜他是想讓我們護衛它們，至少我總是依此行事，希望當我的生命之鐘敲響時，不是我的喪鐘。

約莫十八個月前，我初次見到亨利．科蒂斯爵士與約翰古德上校。那時我在巴芒瓦多獵象，運氣很背，那趟旅程很不順利，最糟的是我發了高燒，病情一好轉，我就跋涉至鑽石區，賣掉身上的象牙、車與牛，解散了所有獵人，然後坐上郵務車直達開普敦。待在開普敦一週後，我發覺旅館要價過高，決定搭乘敦克爾號回納塔爾，於是躺在碼頭

上等待來自英格蘭的愛丁堡號。我訂了臥鋪上船，來自愛丁堡的納塔爾旅客在那日午後轉乘，船隻起錨後便航向大海。

兩名甲板上的乘客引起我的好奇，其一約莫三十歲，是我見過胸膛最魁梧、手腳最長的人。他有著一頭黃髮，蓄著金黃色的大落腮鬍，五官分明，有著一雙灰色而深邃的眼眸。我從未見過這般俊美的人，讓我想起古丹麥人。雖然我沒見過古丹麥人，但我記得從我手上弄走十英鎊的現代丹麥人，我記得曾經見過那些紳士的畫像，類似白祖魯人之類。他們用大牛角飲酒，長髮披掛在背。我看著倚在樓梯上的朋友，心想他的頭髮若是更長些，在他的寬肩上披上一件鍊條T恤，遞給他一把大戰斧和牛角馬克杯，便像極了畫像裡的人物。附帶一提，後來我發現亨利·科蒂斯爵士有著丹麥血統，讓我硬生生地想起了某人，卻又記不得他到底是何許人物。

站在那兒與亨利爵士對談的人，身材矮胖、黝黑，完全是不同的模樣。我立即猜測他是位海軍軍官，不知爲

何，我很難錯看海軍。在我生命中，我曾經和他們一起打獵，他們是我見過最勇敢、優秀的夥伴，儘管他們用語狂妄。

我曾問過，紳士是什麼？現在我會回答，一般說來，即是一名皇家海軍軍官，當然其中也會出現害群之馬。我想，大海與上帝的氣息洗滌了他們的心靈，拂去了他們內心的苦悶，使他們成爲男子漢。好了，回歸正題，我又猜對了，他是位海軍軍官，三十一歲的海軍上校，我在旅客名單上找到他的名字，古德，約翰古德上校。他有著寬肩，中等身材，黝黑，結實，看起來帶點好奇心。他外表非常整齊，鬍子刮得乾淨，右眼戴著眼鏡，眼鏡似乎長在那裡，因爲不掛細繩，除了擦拭之外，從未取下來過。起初我以爲他睡覺時也戴著眼鏡，後來發現是個錯誤，他睡覺時，將眼鏡與假牙一併放進褲子的口袋裡。

出航後不久，夜幕低垂，伴隨著惡劣的天候。陸面吹來一陣凜冽的風，一陣濃霧將人們驅離了甲板。敦克爾號是艘平底船，由於空載逆行，因此行進緩慢。它似乎有意直驅前進，但始終沒有成功。我站在暖和的引擎旁，看著對面的鐘擺而自得其樂，每當船身傾斜搖晃時，鐘擺前後擺動著，印記了它踉蹌的角度。

「那個鐘擺看來有些毛病，晃動得不對勁，」突然在我肩旁出現了一道聲音，令人感到些許惱怒，我環顧四周，瞧見了那位海軍軍官。

「眞的嗎？是什麼讓你這麼想？」我問道。

「我是這麼認爲的，船身若是晃動到鐘擺所指的某種程度，那麼就不會再晃動了，如此而已。就像這些商船一樣，總是粗心大意。」

就在此時，午餐的鐘聲響起。

古德上校邀我共進晚餐，我們發現亨利．科蒂斯已經入座。他與古德上校坐在一起，而我正好坐在他們對面。上校與我很快地進入話題，我們談論打獵的事，他問了許多問題，我則盡可能予以回答。不久他談起了大象。

「啊，先生，」坐在我旁邊的人呼喊起來，「你找對人了，獵人誇特曼能回答你與大象有關的一切。」

靜靜地聽著我們談話的亨利爵士顯然嚇了一跳。

「抱歉，先生，」他傾身越過桌子，以低沉的聲音說道：「先生，請問您是艾倫．誇特曼嗎？」

我回答是。

這個大塊頭不再繼續問話，但我聽到他咕噥著：「幸會。」

晚餐很快到了尾聲，我們離開餐廳時，亨利爵士詢問我是否願意到他的艙房裡抽根菸。我接受他的邀請，他領著我到他的艙房裡，那是間很棒的房間。裡頭有張沙發，沙發前有張小桌子，亨利爵士差遣服務生取來一瓶威士忌，就這樣我們三人坐了下來，點起煙斗。

服務生取來威士忌並點起燈火時，科蒂斯爵士便說道：「誇特曼先生，我想你前年此時在巴芭瓦托的地方待過吧？」

「是的，」我答道。心裡對這名紳士竟能對我瞭若指掌感到驚訝，依我瞭解，並非人人都對我的行蹤感興趣。

「你不是到那裡做生意嗎？」古德上校說得快。

「是的，我帶了一車貨物，並在小村外圍駐紮停留，直到將貨物售完爲止。」

「亨利爵士坐在我對面，椅子嵌有馬德拉扶手。」

他雙臂倚著桌面，望上瞧，一雙灰色大眼直盯住我，眼裡充滿好奇與焦慮。

「你在那裡遇過一位名叫奈維爾的人嗎？」

「喔，見過。他在繼續向內地趕路前，曾在我旁邊卡車上解開那些牛隻，讓牠們休息兩週。數月前，我收到一位律師的一封信，信上問我是否知道他發生了什麼事，當時我僅能盡可能給予回覆。」

「對，」亨利爵士說，「你的信被轉了給我，你在信裡提到，五月初，一位叫奈維爾的紳士坐著牛車離開了巴芒瓦托，隨行的有一位趕車的、一位領牛群的男孩，還有一名叫吉姆的卡菲爾獵人，信中並提到他想要到遙遠的因亞提，以及瑪塔貝爾鄉間最遠的商棧去，他準備在那裡賣了牛車，繼續徒步行走，你還提到他眞的把牛車賣了，因爲六個月後，你看到這輛牛車輾轉到了一個葡萄牙商人手裡，那個商人告訴你牛車是在因亞提向一個白人買的。他認爲那個白人帶著一名當地僕人出發到內地打獵去了。」

「對！」

接著，停頓片刻。「誇特曼先生，」亨利爵士突然說，「我想你或許能猜出更多關於奈維爾先生北行的理由吧？」

「我有所耳聞，」我答道，然後打住。我不喜歡談論這個話題。

‧亨利爵士用灰色大眼看著我，眼裡充滿好奇。

亨利爵士和古德上校互相看了一眼，隨後古德上校點頭示意。

「誇特曼，」前者說，「我要說一個故事，並徵求你的意見，可能尙且需要你的協助，那位將你的信轉交給我的代理人對我說，我可以完全相信信中內容，」他說，「因爲你在納塔爾，普遍受到眾人的敬重，大家都知道你是個明察秋毫的人。」

我彎了彎身，啜些威士忌和水來掩飾自己的不安，因爲我生性羞怯。

亨利爵士接續說道：「奈維爾先生是我弟弟。」

「喔！」我吃了一驚，這才明白初次見到亨利爵士時，腦海裡想起誰來，他弟弟個頭較小，蓄著黑色落腮鬍，現在我想起來了，他有著和他哥哥同色調的灰眸，眼裡透露出相同的敏銳度，面部特徵也極爲相似。

亨利爵士接著說，「他是我唯一的弟弟，五年前我認爲我們不會分開一個月以上，但在大約五年前，災厄降臨了，就像尋常家庭偶爾發生狀況般，我們發生嚴重爭執，那時我在氣頭上，對待弟弟有失公道，」話說至此，古德上校兀自點頭。

「你明白的，」亨利爵士繼續說道，「若是一個人死前未立遺囑，那麼所有財產都將傳給長子。我和弟弟吵架時，父親來不及立遺囑便撒手人寰。當然，扶養他是我的責任，但那時我們吵得很厲害，所以令我羞愧的是我沒有主動去做任何事情。這並非代表我對他心生怨恨，而是我在等他釋出善意，但他卻什麼也沒做。抱歉讓你費時傾聽所有，誇特曼先生，但我必須把事情說個明白，是吧，古德？」

「的確如此，」上校道，「我相信誇特曼先生會對這件事情保密。」

「當然，」我說道。因爲我對自己謹愼行事的能力頗爲自豪。

「好，」亨利爵士接著說，「當時我弟弟帳目裡有幾百英鎊，但他沒知會我便取走那些錢，用了奈維爾的名字，出發到南非，想發一筆財，這些是我後來聽到的消息，約莫三年過去，我沒有聽到任何關於他的消息，儘管我寫了數封信，毫無疑問，那些信肯定沒有到他手裡，我越來越感到不安，誇特曼先生，畢竟血濃於水啊！」

「是啊，」我說道，想起了兒子哈里。

「誇特曼先生，我願意拿出一半財富得知我唯一的弟弟喬治是否安然無恙，我要再見他一面。」

「恐怕再也無法見到他了，科蒂斯，」古德上校突然說。

「嗯，誇特曼先生，隨著時間過去，我越來越急於知道他的下落，我決定親自找到他，古德上校則出於善意願意陪同我前往。」

「沒錯，」上校說，「你明白，我也沒別的事可做，頂著海軍部軍銜支領半薪，終將落得餓死的下場。先生，或許現在你可以告訴我們有關奈維爾紳士的一切了吧？」

第二章　尋找同行夥伴

「你在巴芒瓦托時，是否曾經聽過關於我弟弟旅行的消息？」回答古德上校前，我停下來去裝煙斗時，亨利爵士問道。

「我有所耳聞，」我答道，「但至今我從未對任何人提起，我聽說他打算去尋找所羅門王的寶藏。」

「所羅門王的寶藏？」兩個人突然異口同聲、吃驚地問道，「它在哪裡？」

「我也不曉得，」我說，「我只知道傳說中的位置。以前我曾經見過寶藏附近的峰頂，但是我和那些山頂相距一百三十英里，中間是一望無際的沙漠，除了一個人之外，我不曾聽說哪個白人可以活著穿越那片沙漠。但是我最多只能告訴你我所知道的所羅門王的寶藏傳說。未經我的同意，你們不能把我的話透露給任何人，你們答應嗎？如此要求自有我的道理。」

亨利爵士點頭，古德上校說道：「當然，當然。」

「那好，」我開始說道，「或許你們覺得獵象人都是粗人，他們不會涉及與自身生活、行為方式無關的事物。但你可能碰到一些人，願意搜集那些關於土著民族的傳說，試圖從這片黑暗大陸上挖出歷史片段。約莫三十年前，我便遇上了這樣的人，對方首次將所羅門王的寶藏傳說告訴我。那時，我初次在馬塔樂貝鄉間獵象。那人名叫埃文斯，這名可憐的小子在次年被一頭受傷的野牛殺死，屍首被埋在了贊貝西近郊。我仍記得某日晚間在特蘭士瓦省利登堡區狩獵紕角鹿和大羚羊時，我告訴埃文斯我曾經發現了一些奇妙的礦場，看到有人最近再度來到這些礦場勘探金礦，他們在堅硬岩石間開闢一條足使四輪馬車通過的寬廣道路，直通礦場或隧道入口。隧道入口處堆著成堆準備進行冶煉的石英礦石，顯示礦工們向來匆忙離開。」

「『唉，』埃文斯說，『我要告訴你比這更古怪的事，』接著他告訴我他如何在內地發現一座廢墟，他認為那是《聖經》所述的俄斐，順道一提，可憐的埃文斯說完後，其他更具學識的人也說過這樣的話。我記得那時的我還很年輕，有著強烈的好奇心，樂於傾聽所有稀奇古怪的事。古文明和古猶太人或腓尼基人的財寶遺失在野蠻黑暗大地的事讓我著迷。突然他問我：『小夥子，你聽說過位於馬敘庫倫布威鄉間的所羅門群山嗎？』我回答沒有聽過。『唉，好吧，』他說，『那是所羅門王埋藏寶藏的眞正地點，我是指他的鑽石寶藏。』」

「『你是怎麼知道的？』我問道。」

「『我當然知道了！所羅門王是什麼，僅僅是所羅門王的墮落嗎？馬尼卡鄉間一個老巫醫曾經告訴我，住在群山對面的人是祖魯族的分支，使用祖魯族方言。他們有些了不起的男巫，從白人那習得冶煉技術，知道一個神奇、閃亮石礦的秘密。』」

「當時我對這個故事不禁莞爾，因爲當時鑽石礦並未獲得開發。後來可憐的埃文斯去了那，葬身異地。二十年來，我從未對此事多作琢磨。然而，二十年後——這段漫長時間，關於所羅門山和鄰近鄉村，我耳聞一些更確切的消息。我曾經去過馬尼卡鄉外頭一處名爲斯坦達的地方，那是片不毛之地，找不到食物，而且幾乎毫無獵物可言。碰巧我在那裡罹患熱病，情況很糟。一日，一名葡萄牙人帶著一名混血兒助手前來。我十分瞭解低層階級的葡萄牙人，他們通常都是些粗鄙的人，但這人卻不同於我所遇見的粗人，對方很有教養，彬彬有禮，身材高瘦，雙眸大而黑亮，蓄著灰色八字鬍。我們彼此交談了一會兒，他說著蹩腳的英語，我也只懂得一些葡萄牙語。他告訴我他名叫約西・

西爾維斯特拉，居住於德拉戈亞灣附近。次日，他和混血兒同伴離開時，按照禮數，摘帽同我道了聲『再見。』」

「『再見，先生，』他說道，『若我們再相逢，我或許已成爲世上最富有的人，我會記得你的。』我微笑著，由於身子過於虛弱，無法暢懷大笑。其後，我目送他向西邊沙漠離去，心想，他肯定是瘋了，或許他認爲將在那發現什麼。」

「一個星期過去，我的熱病好轉。有天晚上，我坐在搭起的帳蓬前，啃著我用一些衣裳向當地人換來的二十隻家禽的最後一隻肉腿，凝視著火紅太陽沒入沙漠。突然之間，我看見一個人，顯然是位歐洲人，穿著外套，站在我對面的山坡上，距離約莫三百碼遠。這個人手膝著地匍匐前進，然後起身，拖著腿向前走了幾碼，復又倒地向前爬行。看來他肯定陷入困境，我差使手下一名獵人前去施以援手。不久，他過來了，你們猜猜那人是誰？」

「當然是約西．西爾維斯特拉。」古德上校說道。

「對，正是約西．西爾維斯特拉，或許他的身子骨更能確切代表他的身分。他的臉色臘黃，發著高燒，黑溜溜的眼珠幾乎凸了出來。除了羊皮紙般的黃膚、白髮、瘦骨嶙峋之外，幾乎所剩無幾。」

「『水！行行好，水！』他呻吟著，嘴唇乾裂，舌頭發黑，而且腫脹得緊。」

「我遞給他一些摻牛奶的水，他大口大口地飲下，持續喝下約莫兩夸脫，我不讓他再喝了。後來他倒臥在地，開始發燒，呼喊著所羅門山、鑽石、沙漠之類的字眼。我扶他進入帳蓬，盡可能地幫助他，雖然無效，但我知道他會好轉。十一點鐘左右，他看來安靜許多，而我也總算可以稍作休息了。拂曉時分，我再度醒來，見著微弱晨光裡的他坐在那，凝望沙漠，狀似古怪又顯得憔悴。不久，第一道陽光穿過眼前的廣闊草原，照耀著距離約莫一百多英里外的所羅門群山最高峰頂之上。」

「『就是那兒！』垂死的他伸出既長又瘦的胳膊，以葡萄牙語說道，『但是我從來沒有到達那過，從來沒有，誰也到不了那兒！』」

「突然，他停頓下來，似乎下定決心。『朋友，』他轉而向我說道，『你在那兒嗎？我的眼前一片漆黑，我看不見你了。』」

「『是的，』我說，『躺下休息一會兒吧。』」

「『啊，』他答道，『我很快就會休息，我有的是時間休息，一切等待來世吧。

·虛弱的約西，告訴誇特曼世上眞有所羅門王的寶藏。

聽著，我快不行了，你如此厚待我，我要把一張地圖交給你，若你能穿越沙漠，便能到達那，這片沙漠可把我和可憐的僕人害慘了。』」

「然後他在襯衫裡摸索，取出一樣東西，我認爲那是布林族人的貂羚羊皮煙袋，繫著一根小皮條。他意欲解開袋子，卻虛弱得無力打開。於是他把煙袋遞給我，『解開它，』他說道。我照著吩咐解開袋子，抽出一小塊破碎的黃色亞麻布，上頭寫著一些鐵色的字母，破布上有一張紙。」

「他的身子越來越虛弱，聲音也越來越無力，說道：『破布上的一切都在這張紙上，我花了好幾年時間才看懂，聽著：我的祖先是一個從里斯本來的政治流亡者，他是第一批登岸的葡萄牙人之一，臨死時寫下群山資料，山上的白人足跡看來已是前無古人、後無來者了。他名叫約西·達·西爾維斯特拉，存活於三百年前左右。」

「『奴隸在山的這頭等他消息，後來發現他身亡之後，便將這封信帶回德拉戈亞。從此，這封信一直保存在這家族裡，無人聞問，直到最後我看懂了。爲了它，我幾乎丟了性命，但是另外一人可能會成功，並成爲世上最爲富有的人。不要將它轉讓給別人，先生，你一定要親自去一趟。』」

「後來，他開始陷入昏迷，一小時後便安然地離世了。」

「上帝保佑！他走得平靜，我用大石將他埋葬。如此一來可以避免野獸挖出他的屍首。隨後我便離開了。」

「啊，但是那封信呢？」亨利爵士極爲感興趣地說道。

「是的，那封信上到底寫些什麼？」上校補上一句。

「嗯，先生，如果你們想聽的話，我便告訴你們吧。我曾經央請一位酒醉的老葡萄牙商人幫我翻譯，第二天他卻什麼也不記清。此外，我從未讓任何人看過。破布和約西的翻譯全放在德班的家裡，不過，我的袖珍書中有本英文翻譯和地圖臨摹本，倘若這算是一張地圖，喏，就在這，你們瞧瞧。」

「我，約西．達．西爾維斯特拉，即將餓死在一個小山洞中，這個小山洞位於我命名為示巴女王峰的兩座山脈其中最南端的山峰之上。現在是一五九〇年，我用一根削尖的骨頭蘸上鮮血在衣服上寫下字條。如果我的奴隸能夠來到這裡發現字條，就把它帶回德拉戈亞，讓我的朋友（名字模糊）將此事稟告國王陛下，讓他派一支部隊來，若他能活著穿越浩瀚沙漠和連綿群山，並戰勝驍勇善戰的庫庫安納人及其魔法，那麼他就能成為繼所羅門王之後最富有之人。險峻雪峰之後，我目睹所羅門王的寶庫裡不計其數的鑽石，但是由於卡古爾巫婆叛變，我無法取走這些寶物，甚至無法保全自己的性命。來到此地之人，按圖索驥，攀上示巴女王左乳峰處，直到乳頭位置，在其北面有條所羅門王修築的大道，走上三天，便能到達國王的王宮，殺了卡古爾。請為我的靈魂祈禱吧！永別了！約西·達·西爾維斯特拉。」

當我讀完上述內容，示出老西爾維斯特拉臨終前血繪的地圖複製品時，大夥一時陷入沉默。

「嗯，」古德上校說道，「我繞過地球兩圈，造訪許多港口，但我從未聽說過這個故事。」

「這確實是椿離奇的故事，誇特曼先生，」亨利爵士說，「我想，你不是在愚弄我們吧？雖然偶爾戲弄一下毫無經驗的人是被允許的。」

「亨利爵士，如果你這麼認爲，」我感到有點生氣，索性把紙張放進口袋裡，因爲我不喜歡被人看作把說謊當作詼諧機智、總是願意向人陳述那些子虛烏有的冒險故事的蠢蛋，「倘若你這麼想，那好吧，事情到此爲止吧。」語畢，我起身離去。

亨利爵士伸出大手放在我的肩上，「誇特曼先生，請坐，請你原諒，我當然知道你不想欺騙我們，但這個故事實在過於離奇，令人難以置信。」

「抵達德班時，你可以看看地圖和手稿原稿，」稍稍平穩情緒的我答道。因爲我眞正介意他質疑我的眞誠。

「但是，」我繼續說道，「我並未告訴你關於你弟弟的消息。我認識那位名叫吉姆與你弟弟同行的人。他是貝專納人，是一名非常聰明的好獵手。奈維爾先生出發的那日清晨，我看見吉姆在我的牛車旁往煙杆裡裝菸。」

「『吉姆，』我說道，『這次旅行你去哪兒，是去獵象嗎？』」

「『不是，先生，』他答道，『我們去尋找一些比象牙更值錢的東西。』」

「『那是什麼？』我帶點好奇地問道，『是金子嗎？』」

「『不，老闆，一些比金子還值錢的東西。』他咧嘴一笑。」

「我沒有再問，因爲我不想因爲好奇而降低身分和尊嚴，但我爲此一直感到十分困惑。不久，吉姆裝完煙葉。」

「『老闆，』他說道。」

「我沒有回應。」

「『老闆，』他又說道。」

「嗯，孩子，什麼事？」我問道。

「『老闆，我們要去尋找鑽石。』」

「『鑽石！啊，那你們走錯路了，你們應該朝礦區的方向前去。』」

「『老闆，你聽說過所羅門雪山嗎？』就是所羅門山脈，亨利爵士。」

「『唉！』」

「『你聽說過那裡的鑽石嗎？』」

「『我聽過一個愚蠢的故事，吉姆。』」

「『這不是故事，老闆。我曾經認識一個從那兒來的女人，她和孩子來到了納塔爾，是她告訴我的，但她現在已經死了。』」

「『吉姆，要是你的主人想去那的話，禿鷹會吃掉他，也會吃掉你的。』我說。」

「他咧嘴笑了。『可能吧，老闆，人早晚有一天會死的。這裡的大象都快獵完了，我寧可出去闖出一番新局。』」

「『唉！孩子，』我說，『等到死神抓住你的咽喉時，你就能明白那樣死去不比老死舒服！』」

「半小時後，我看到奈維爾先生的牛車走了。不久，吉姆折回說道，『再見，老闆，我不想不告而別，因爲我想你是對的，或許我再也回不來了。』」

「『你的主人眞的要去所羅門雪山嗎，吉姆？或者是你扯謊？』」

「『不，』他答道，『他要去那兒。他告訴我他肯定會發財，所以我要去試一試，最好能夠找到鑽石。』」

「『噢！』我說，『等等，吉姆，你願意給你主人帶個短信嗎？不過你要發誓等你們到達因亞提後再給他。』因亞提離這裡有幾百英里。」

「『好的，老闆。』」

「我拿出一張紙，在上面寫著，『讓來者爬上示巴女王左乳峰的雪山，直到乳頭上，在其北面是所羅門大道。』」

「『現在，吉姆，當你把這個交給主人時，告訴他最好按照建議行事，不可現在給他，因爲我不願讓他折回問我一些無法奉告的問題。』」

「吉姆拿著紙條離去，這就是關於你弟弟的一切，亨利，但是我擔心……」

「誇特曼先生，」亨利爵士說，「我打算去尋找我的弟弟，沿著他的足跡直探所羅門群山，若有必要，便穿越那座山脈，直到找到他，或者知悉他的死訊為止。你願意與我們同行嗎？」

如同適才所述，我是一個謹慎的人，確實也是一個膽怯的人，這個建議讓我感到十分恐懼。依我之見，這趟旅行肯定邁向死亡，暫且不論其他，我尚有一名兒子需要撫養，我不能現在就去送死。

「不，謝謝你，亨利爵士，我想我不能去，」我答道，「我現在已經老了，不適合參加這樣荒謬無益的冒險，我們這麼做只怕會得到和西爾維斯特拉相同的下場。我還有兒子需要撫養，不能愚蠢地拿自己的性命冒險。」

亨利爵士和古德上校顯得非常失望。

「誇特曼先生，」亨利爵士說，「我生活無憂，但我仍然決定這麼做。你可以為你的服務提出報酬，只要合理，無論多少我都會滿足你的要求。我可以在出發前支付，倘若我們其中一人發生不幸，我將會妥善安排你兒子的生活。你可以看出在這方面，我是多麼需要你和我們一起同行！要是我們到達此地，發現鑽石，你和古德上校可以平分，我不想要它們。但是，當然，要是我們得到象牙，等同辦理。如果需要其他條件，你可以再提出，誇特曼先生，我將承擔旅行途中所有花費。」

「亨利爵士，」我說，「這是我所談過的交易條件最慷慨的一次了，任何一個可憐的獵人和商人皆重視的條件。不過這個工作實在過於艱鉅，我必須仔細考慮。抵達德班前，我會給你明確的答覆。」

「很好！」亨利爵士回答道。

我道過晚安後，便上床就寢了。我做了一整晚的夢，夢裡全是可憐的、已故很久的西爾維斯特拉以及那些鑽石。

第三章

烏姆寶帕加入隊伍

根據輪船行駛速度和天氣狀況，從開普敦至德班需時四、五天。東倫敦港並不如他們所吹噓的那般美好，偶爾無法順利供人著陸，因此裝完貨後，可能必須等上二十四小時。不過這次很幸運，幾乎不需等待，因爲沙灘上並無足以影響行程的海浪，拖船利用長繩很快地拖出簡陋的平底船，艙底包裹內的貨物發出乒乓的碰撞聲，不論瓷器或是毛織品顯然受到相同待遇。四打香檳酒瓶全都撞碎了，香檳在髒亂的貨船底不停地嘶嘶冒泡。眞是太可惜了，顯然船上的卡菲爾人也這麼想，他們找到一對完好的瓶子，敲去瓶頸就喝了起來。不過，他們在暢飲前並未給香檳放氣，因此喝完覺得飽脹異常，在船底打滾並大聲地叫喚，直稱這些美妙的液體是「魔液」。我在船上對他們大呼這是白人最猛烈的藥，飲下就會如同死去一般。卡菲爾人聽了心裡十分恐慌，紛紛奔向海岸，我猜想他們肯定再也不敢碰香檳了。

前去納塔爾的途中，我滿腦子考慮亨利爵士的建議。那幾天裡，我們再也沒有談論

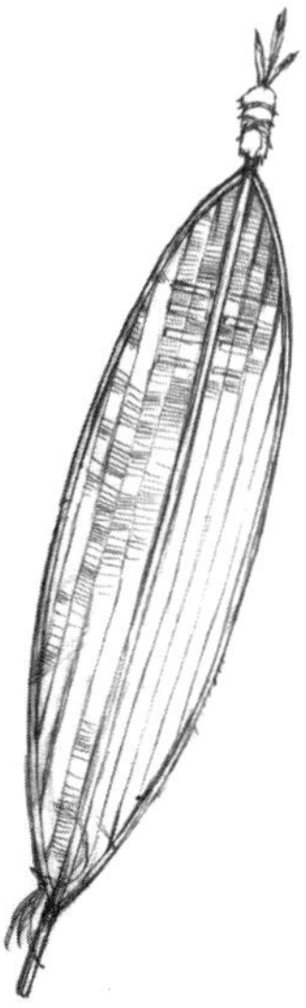

這個話題，我只是一心敘述神奇而眞實的狩獵經驗。對於狩獵之事，我沒有必要撒謊，因爲一個經驗豐富的獵人肯定遇到許多離奇的事情，這些不過是順便提及罷了。

在最炙熱的一月裡，我們趁著某個美妙夜晚沿著納塔爾海岸繼續航行，希望趕在日落時分到達德班。打從東倫敦開始，海岸景色望去優美，紅色沙丘、廣袤原野，一處處卡菲爾農莊點綴其間，浪濤拍打著岩石，形成一道道泡沫水柱，像極了岸邊一條條白色絲帶。抵達德班前，這片土地確爲豐饒。百年雨水沖刷出一道道深峻峽谷，河流沿著峽谷蜿蜒而行，一片波光粼粼；矮樹叢生，宛如出自上帝之手；翠綠色的玉米園和甘蔗林之間，座落著一幢幢面向海的白屋，增添了一絲樸素氣息。在我眼裡，無論景色多麼美好，還得加上人的存在才算完美，或許是由於我大部分時間行走於荒野使然。毫無疑問地，男人出現之前，伊甸園是美麗的，但我總認爲憑添夏娃作爲點綴，此處必定更顯美麗嬌媚。

由於我們錯估時間，到達德班之前，夕陽已西沉。這時，汽笛聲響起知會德班人們英國郵船進港。因爲穿越沙岸時時間已晚，於是看到郵件被運到救生艇後，我們便決定先舒服地吃個晚餐。

當我們再度上船時，月色已然升起，滿滿灑落在海面和沙灘上，燈塔也顯得黯然失色。岸上飄來的香甜氣味總是讓我憶起讚美詩和傳教士，伯亞岸上住屋的窗亮起燈光，附近的大雙桅船上傳來水手們爲迎接風浪而準備起錨的樂聲。這眞是一個美好的夜晚呀！唯有南部非洲才有如此美好的夜晚。月光照拂之下，人們都能感受和平的氣息，一切事物披上了銀色外衣。連一位獵客的大牛頭犬，似乎也受到溫和氣氛的影響，不再挑釁甲板上籠內的狒狒，猶如完全忘記一般，倒臥在船艙的門口沉沉睡去。

我們三人，亨利爵士、古德上校和我，坐在舵輪旁邊，保持一陣沉默。

亨利爵士打破沉默，「誇特曼先生，對於我的建議考慮得如何？」

「唉，」古德上校附和，「誇特曼先生，你是怎麼想的？我希望你能和我們同行去尋找所羅門王的寶藏，或是前往任何奈維爾先生可能去的地方。」

我起身嗑煙斗，此時，我還沒有下定決心，想要再花點時間做決定。然而，就在燃著的菸灰掉進海裡前，我心裡終於做出決定。其實，做出決定只需要這一點點兒時間。當你長時間持續爲某件事煩惱時，結果通常如此。

「是的，先生，」我又坐下說道，「我答應與你們同行，離開之前，我會告訴你們原因，也會告訴你們我的條件。首先我要說的是那些條件。」

「第一，你負擔所有費用，途中獲得任何有價值的事物將由我和古德上校均分。第二，出發前，你先支付我五百英鎊的服務費，我保證忠心爲你服務，不論成敗。第三，出發前，你必須辦妥一件事，就是若是我死了，或是喪失勞動能力，讓我的兒子哈里每年支領兩百英鎊，直到五年後他可以自立爲止。他現在正在倫敦蓋伊醫院學醫。我的如此要求，你應當不會覺得過分吧。」

「當然不過分，」亨利爵士答道，「我非常樂意接受所有條件。我下定決心做這件事情，憑藉你在這方面擁有的特殊經驗和知識，我將爲你所提供的協助支付更多報酬。」

「我不需要同情，也不會收回承諾。如今既然已提出條件，我會告訴你們我下定決心與你們同行的原因。首先，經過連日觀察，坦白說我很喜歡你們，也相信我們能夠合作愉快。這是進行此類長途旅行的前提。」

「至於這趟旅行本身而言，坦白地告訴你們，我認爲就算我們能夠穿越所羅門山脈，我們也不太可能活著回來。三百年前的老約西・達・西爾維斯特拉的命運如何？

二十年前他的後代命運又如何？你弟弟的命運如何？兩位先生，坦白地告訴你們，他們命運就是我們未來的命運。」

我停頓片刻，驗收這番話的效應。古德上校看來有些不安，但是亨利爵士卻是從容。「我們一定要去碰碰運氣，」他說道。

「或許你們想要知道，」我繼續說著，「爲何像我這樣膽小的人會和你們同行。基於兩個原因。第一，我是宿命論者，相信自己的命運並不取決於我的行動和意願，如果我去所羅門山脈會落得被殺死的命運，我就會去到那裡並且喪命。第二，我是個窮人，儘管我打獵、做生意近四十年了，但仍無法維持生計，我不知道你們是否瞭解，獵象人的平均職業壽命只有四至五年，你們應當明白我做這行已經相當於七代人的時間，我知道自己無論如何不能再幹這行了。現在，若我在正當生意裡發生任何意外，屆時我的債務沒了，但也不可能留給我兒子哈里任何遺產，而他目前尚且需要我供養五年。這就是所有的理由。」

「誇特曼先生，」亨利爵士說，他一直非常認眞地聽我道來，「你參加這次將以災難告終的行動，動機說明你十分值得信賴。不管你的想法是否正確，也只能透過時間和事情發展來證明，不論是苦是甜，我們都會堅持到最後。是不，古德？」

「是的，是的，」上校插嘴說道，「我們三人慣於面對危險，運用各種方式掌握命運，現在回頭並沒有好處。」於是遠行之舉決定了。

次日，我們上岸，我把亨利爵士和古德上校安置在我在伯亞建的簡陋小屋，將此稱之爲我家。因爲房間數不足，我在花園盡頭的桔樹叢裡搭起帳篷，亨利爵士和古德上校便住在那。這裡充滿花香、綠光和金色果實，在德班，你可以在樹上同時看到這三種東西，這裡是個極爲舒適的地方，因爲生活在德班，除了碰上稀有的雨天，幾乎不見任何蚊子。

既然已經下定決心，我便要開始爲此次行動做些準備。首先，我得和亨利爵士簽訂契約，萬一發生意外，我也能爲兒子提供生活所需。由於亨利爵士是個外地人，因此辦理法律手續時遭遇些小麻煩，最終在一名律師協助下，事情得以解決。爲此，亨利爵士支付給律師二十英鎊，而我拿到一張五百英鎊的支票。

爲了亨利爵士著想，我花錢買了一輛四輪車和一群牛隻。車長二十二英尺，鐵製輪軸十分結實而輕便。車是二手的，木頭甚至會發出異味，但這輛車曾經前往礦區一趟，飽經風雨的木料在我眼裡可是再好不過。這類特殊車子我們管它叫做「斗篷車」，車蓋遮住車後十二英尺，前面預留空間用以置放隨身攜帶的必需品。後面是張床，可以睡上兩個人，以及放置槍架和其他用品。這輛車花了我一百二十五英鎊，這個價格尚可接受，因爲物品本身的確值得。

另外，我買下二十頭祖魯牛。一支隊伍通常是十六頭牛，但我多買四頭以備不時之需。這群祖魯牛小而輕，個頭比南非牛小了一半以上，一般做爲運輸用途。南非牛會餓死，但牠們卻能堅強存活，以中等程度負重而言，一天可走五英里，速度能夠更快，牛腳也不易受傷。這種牛遍佈全南非，免疫力強，可以抵制紅水帶來的危害。當牛群穿過奇異的草原時，紅水容易損害整批牛群。至於「肺病」，是肺炎的一種，足以致命，盛行於這個國家，這群牛已被接種疫苗。割開牛尾上任一個地方，置入一片死於此疾的動物病肺，這頭牛將以溫和形式患病，掉下尾巴，但牠從此形成抗體，免於這種疾病所害。取下牛尾看來有些殘忍，尤其這個地方蒼蠅特別多，但斷尾求生總比失去全牛好。

接下來便是儲備食物和藥品的問題，需要一番深思熟慮，因爲我們既要避免在車上堆積太多東西，又要具備所有絕對必需品。幸運的是古德懂些醫術，他曾經受過內外科教育，現今依稀記得，但他並非十分精通。但後來我們發現他比那些掛著醫學博士頭銜的人還懂得多。他準備了一個非常好的旅行用藥箱和一套醫用器械。我們在德班時，他熟練地爲一個卡菲爾人的大腳趾開刀。

這些問題解決後，我們仍需要考慮兩個重要問題，武器和僕人。關於武器，我們決定在亨利先生隨身從英國攜帶而來的槍枝貯備清單及我的備槍中挑選，除此之外沒有更好的辦法了。我在筆記本上重新抄寫清單。

「三把獵象用的後裝式雙管重槍，每把約十五磅，十一庶姆的黑火藥。」其中兩枝由著名的倫敦公司派以最優秀的製造商製成，我的槍枝不是太好，製造商不明。我在幾次旅行中使用那把槍，用它殺了許多大象，實驗證明是件值得信賴的優良武器。

「三把快槍，大約有六庶姆的彈藥。」適合射擊中型動物，如大羚羊、黑貂羚羊、人，特別適合用於空曠鄉間。

「一把全鎖口散彈獵槍。」後來射擊動物時，這把槍對我們來說十分有用。

「三把溫徹斯特連發槍（非卡賓槍），備用槍。」

「三把程柯爾特式自動手槍，裝有沉重美式彈藥筒。」

這就是我們所有的武器裝備，無疑地，讀者可以看到每一把武器的構造和口徑相同，可以互換彈藥筒，這一點非常重要。我不願費時詳述以表示歉意，因爲有經驗的獵手都能明白正確的槍枝和彈藥供給對於冒險成功具有重大意義。現在擬定同行人馬，多次協商之後，我們決定把人員控制在五名以內：一名車夫、一名嚮導、三名僕人。

不費工夫便找到了車夫和嚮導，兩名祖魯人分別名叫高紮和湯姆。尋找僕人較費工夫。我們必須找到忠誠果敢的人，彼此在旅程中需要密切合作，眾人的性命得仰賴他們行動。最後，我挑選兩人，一是名叫文特沃格樂的霍屯督人，或名「風鳥」；一是名叫科伊瓦的小祖魯人，會說一口流利英語。我以前就認識文特沃格樂，他是一名出色的追蹤獵手，從前我也曾擔任過。他從來不顯倦容，但有個毛病，也是這個民族的通病，就是愛喝兩杯。只消杜松子酒下肚，就不能再信任他了。但由於我們的目的地遠離酒館，這點小毛病不構成威脅。

兩人選完後，我卻無法找到合適的第三人選，因此我們決定先上路，試圖在途中找到合適人選。就在出發前夕，科伊瓦告訴我有位卡菲爾人要求見我一面。因此，吃完晚飯後，我讓他引見對方。不久，一位人高馬大、相貌英挺、膚色略淺的祖魯男子走了進來，年約三十歲。他禮貌地舉起圓頭棍行禮，然後不發一語地在角落蹲下。起初我並未和他搭訕，因爲那種行爲是項重大錯誤，若你立即前去攀談，祖魯人會認爲你是一個不甚體面或地位低賤的人。我察覺他是一個圈人，頭上戴著以橡膠製成的裝飾用黑圈。通常祖魯人唯有一定年齡或是具有一定地位才能戴上黑圈，讓我吃驚不已的是，我彷彿在哪兒遇見過他，樣貌極爲眼熟。

「嗯。」最後，我開口說道，「你叫什麼名字？」

「烏姆寶帕，」那人緩慢而低沉地回答說道。

「我好像在哪兒見過你。」

「是的，你在伊薩德爾瓦納見過我，就在大戰前一天。」

我記得了！那次不幸的祖魯戰爭中，我是切姆斯福德勳爵的一名嚮導。開戰前一天

，我因為要照料車輛而離開軍營。正值我在等待繫上牛軛時，便與此人交談。他在當地援軍擔任領袖，曾經對我表示對於軍營安全的擔憂。當時我認為那聰明領袖應當納入考慮的事情，後來，我再度記起他的話。

「我想起來了，」我說道，「你想做什麼？」

「是這樣的，『馬楚馬乍恩』，」這是我的卡菲爾名字，意指半夜起床的男人，英語俗稱為睜著眼睛的人。「聽說你和幾位白人長官要到北部探險，是眞的嗎？」

「是的。」

「我聽說你們還要到魯坎加河，進行遠離馬尼卡鄉的長途旅行，這也是眞的嗎，『馬楚馬乍恩』？」

「你為何問我們上哪兒？這與你何干呢？」我懷疑地說道，因為我們對此趟旅行的目的地守口如瓶。

「是這樣的，可敬的白人，倘若你們眞要遠征，我想和你們同行。」

這人的語氣有些傲慢，讓我很不以為然。

「首先你忘記了一點，」我說道，「你太魯莽了，你不應用這種方式說話。你叫什麼名字，從哪個村莊而來？告訴我們，這樣我們可以瞭解來往對象的身分。」

「我叫烏姆寶帕，祖魯人，但不屬於他們。我的部落在遙遠北部，一千年前，毛利族統治祖魯蘭之前，祖魯族人搬遷到這裡，我的部落選擇留在當地。我沒有村莊，四處流浪多年。我在諾考巴巴考西團當過塞提瓦約的兵。後來，我離開祖魯蘭到納塔爾，看看白人的生活方式。後來加入反對塞提瓦約的戰爭，從此，我在納塔爾工作。現在我覺得倦了，想要回到北方。這不是我的地方，我不需要錢財，但我是個勇敢的人，勞動就能負擔吃住開銷，我說完了。」對於這人及其說話方式，我感到極度困惑。依照他的行為舉止，顯然都是實情，但是不知怎的，他看來不同於普通的祖魯人，我實在難以相信他不計報酬前來工作的原因，於是我有些吃力地將他的所說照實為亨利爵士和古德翻譯，並徵求他們的意見。

亨利爵士要我讓他站起來。烏姆寶帕起身，脫下身上的軍用大衣，除了腰間短圍裙和獅爪項鏈，幾近赤裸。他確實長得十分健康而英俊，我從來沒有看過比他更棒的當地人。他約有六點三英尺高，身材健壯而勻稱。燈光下，除了長矛留下的深黑色舊傷疤之外，皮膚看來十分潔淨。亨利爵士挨近，瞅著他那自豪且英俊的臉龐。

「如何，不錯吧？」古德說道。

「我喜歡你的相貌，烏姆寶帕先生，我要雇你爲僕。」亨利先生用英語說著。

顯然烏姆寶帕知曉其意，因爲他用祖魯話答稱「太好了」。他見了這名白人的健壯身軀和偉岸胸膛後，復又補上一句：「你我都是男子漢。」

・烏姆寶帕長的十分英俊，身材健壯而勻稱。

第四章　獵象

達西坦達村位於魯坎加河和卡魯威河交匯處，距離德班約一千英里，我們步行走完最後的三百英里，這裡有可怕的「舌蠅」，除了驢子和人，所有動物被叮後都將面臨喪命的命運。

一月末，我們離開德班，五月第二週我們到達達西坦達村附近，並在那裡安營紮寨。路上我們歷盡所有險難，但這些都是作為一名非洲獵人所必須經歷的危險。

就在馬塔貝列鄉一處偏僻的貿易站因亞提，首領路本古拉是當地的首席惡棍，我們不得已與舒適貨車分道揚鑣。從德班帶來的二十頭好牛只剩十二頭了。其中一頭遭到眼鏡蛇咬死，三頭因為饑渴死去，一頭迷路，另外三頭因為吃了一種「鬱金香」的毒草而死。還有五頭中毒生病，我們用一些煮爛的鬱金香葉汁治癒牠們。若能及時救治，這是一道極為有效的解毒劑。

車與牛交給了馬夫高紮和嚮導湯姆照料，烏姆寶帕、科伊瓦、文特沃格樂及六名腳夫陪同我們繼續徒步探險。記得分離時，我們沉默不語，我想人人都不知道能否再見我們的牛車。就我自己來說，我從不認爲可以再見它們。我們就此默默上路，過了一會兒，大步走在前頭的烏姆寶帕突然唱起祖魯聖歌，歌詞大意是勇敢的人們厭倦平淡生活和平凡世事，出發前去茫茫原野尋找新事物或是就此死去，瞧！他們走到荒野，卻發現那兒根本不是荒野，而是有一名年輕妻子和牛羊成群的美麗世界，更是一個打獵和殺敵的好地方。

我們不禁莞爾，不失爲一道好兆頭。烏姆寶帕是個快樂的粗人，行事非常威嚴，除了深思時刻，他總能讓我們振奮精神，我們漸漸地喜歡起他來。

現在我要提一下我們的冒險過程，因爲我非常喜愛打獵故事。

自因亞提出發約兩週後，我們穿越一處景色怡人、水源充足的叢林地帶。峽谷盡是覆蓋著密密麻麻的矮樹叢，某些地方甚至長滿荊棘，巨石旁長有許多美麗的馬佳貝樹，樹上結滿黃色果實，這種樹是大象最愛的食物，因此常在此處見到許多樹木遭到破壞，甚至被連根拔起。可見大象的確是具有破壞性的動物。

某晚，經過鎮日長途跋涉，我們走到一處美麗的地方。矮樹叢覆蓋的山腳下是乾涸的河床，但在清澈可見底的水窪旁邊佈滿動物腳印。山的對面是一片猶如公園般的平原，長滿一叢又一叢的含羞草，其間偶爾可以發現些許葉片光滑的馬佳貝樹。四周不見出路，矮樹叢兀自寂靜地生長著。

我們進入河床小路時，突然驚動一群長頸鹿，嚇得牠們飛奔而去，正確地說，牠們是以獨特的姿態飛奔而去，尾巴高聳著，蹄子彷彿踩在響板般發出卡嗒卡嗒的聲音。牠們距離我們約三百碼遠，實際位在我們的射程之外，但是前頭的古德手裡拿著一把裝滿子彈的快槍，忍不住迅速舉槍，瞄準最後的一頭小母鹿。子彈不偏不倚地擊中小母鹿的頸後，長頸鹿像兔子般翻了筋斗後便倒地不起。

「該死！」古德說道，我不得不說他有個壞毛病，就是激動時便會罵粗話，毫無疑問地，這是他在海軍生涯所養成的惡習。「該死！我打死牠了。」

「噢，『布格萬』，」卡菲爾人突然說道，「噢！噢！」因爲古德帶著眼鏡，所以他們叫他「布格萬」，就是玻璃眼的意思。

「噢，『布格萬』！」我和亨利爵士一同回應。打從那天開始，古德身懷一手精準槍法的名聲便在卡菲爾人中流傳著。他的槍法實際上差勁得很，但是由於他打死了那頭長頸鹿，因此不論他何時失手，我們都會視而不見。

我們安排幾名僕人去處理那頭長頸鹿，取下肉後，我們便開始在某個水窪右邊約一百碼處搭建棚屋。我們砍下一些荊棘矮樹叢，打成圓樁，整平中間空地，若是情況得當，我們將在中央鋪些乾草爲床，然後升起火堆。

搭好棚屋時，月兒已經悄然東升，我們備妥晚餐：鹿排和烤鹿髓骨。這個鹿髓骨美味極了，不過砍開它們卻十分費勁！除了大象心臟以外，再也沒有比吃鹿骨髓更盡奢侈之能事。不過，第二天，我們也吞進了大象心臟。我們在月光照拂下簡單地用晚餐，並且讚許古德精準的槍法。然後，我們開始抽菸、閒聊，圍著火堆盤坐在地，形成一幅奇景。我的一頭灰白短髮豎起，亨利爵士的黃髮也變長了，我倆形成鮮明的對比。我生得瘦黑，個頭矮小。亨利爵士則生得高壯白皙。我們三人看來最爲特殊者就屬古德上校，他坐在皮袋上，似乎處在文明世界，打獵盡興歸來的模樣，一身潔淨，穿著講究，一襲斜紋軟呢獵裝，頭戴一頂帽子，腳踩一雙乾淨的橡膠長靴。如同往常般，儀容光潔，眼鏡和假牙也都收拾恰當，他是我在野外生活見過最乾淨整潔之人。他還準備白古塔膠打理衣領呢！

「你瞧，他們就是欠缺考慮，」當我對此大感驚訝時，他竟一派天眞地對我說道，「我總愛讓自己看來像名紳士。」啊！倘若他能預見未來，他定會預見未來他的裝束是何模樣。

我們三人坐在美麗的月光下閒聊，卡菲爾人在幾碼外正利用大羚羊角做爲煙嘴管吸著醉人的「野大麻」。後來他們一一鑽進毛毯，在溫暖的火邊睡去。烏姆寶帕並沒睡，他坐在稍遠處以手托著下巴陷入深思。他從來不與其他卡菲爾人走在一起。

不久，我們身後的灌木叢中傳來了巨大聲響，「是獅子！」我說道。我們全站起來側耳傾聽。便在此刻，我們聽到一百碼外的水窪裡傳來一頭大象的刺耳吼聲。是「大象！大象！」卡菲爾人低聲說道。幾分鐘後，我們看到幾個巨大身影一一緩慢地自水池向灌木叢走去。

古德瞬間躍起，欲獵象。或許他認爲獵象如同射殺長頸鹿般容易，我抓住他的胳膊，將他拉倒在地。

「絕對不行，讓牠們走。」我低聲說道。

「看來我們到了狩獵天堂。我建議在這裡停留幾天，打個獵再離開也不遲。」亨利先生說道。

我聽到這話十分吃驚，因爲至目前爲止，亨利爵士總是急著趕路，特別是我們在因亞提耳聞有位名叫奈維爾的英國人在兩年前賣了車，然後繼續前進時，亨利爵士更是使勁地催著趕路。現在，我猜測他的狩獵本能占了上風。

古德聽了這番建議復又躍起，他早就打著獵捕大象的主意了。坦白說，我也想去獵象，徒讓獵物從自己手中溜走，卻不去試試手氣，實在有違身爲獵人的職業道德。

「好吧，夥伴！我覺得咱們都有意消遣。現在我們睡覺吧，我們必須在黎明前離開此地，或許能趁牠們趕路覓食時逮住牠們。」我說道。

眾人表示同意。古德脫下衣服抖上一抖，將眼鏡和假牙放進褲袋，然後將每件東西整齊堆疊著，放在橡膠防水布下方，防止露水沾濕。亨利爵士和我則隨意收拾，蜷縮在毛毯裡睡去。整晚沒有作夢，這對於旅行者來說就是一種獎賞。

前進，前進，前進，那是什麼？

水的那頭突然傳來激烈的混戰聲，接著一陣震耳欲聾的咆哮聲。無疑唯有獅子才能發出如此聲響。我們全跳起來，向水的那頭望去，我們看見黃黑相間的東西蹣跚掙扎地奔向我們。我們取出步槍並脫下短筒靴，隨即跑出棚屋。這個東西已經倒地不起，只能在地上翻滾著。我們趕到牠身邊時，牠已動也不動地躺在那兒。

一隻公貂羚躺在草地上，牠是全非洲羚羊中最漂亮的一種，現在已經死亡，尚有一頭被羚羊彎角刺穿的黑鬃獅也已死亡。顯然事情經過是公貂羚走到水窪邊喝水，那頭獅子，即我們耳裡聽見的那頭獅子一直在旁靜靜守候著，當羚羊低頭喝水時，獅子便猛然躍出草叢撲向公貂羚，卻不幸被羚羊彎角刺穿。我以前也曾看過類似景象，被羊角刺穿的獅子無力動彈，於是用力撕咬著貂羚頸背，貂羚則因恐懼和痛苦而發狂得四處衝撞，直到倒地身亡為止。

我們檢查完死去的野獸，便讓卡菲爾人將動物屍體拖進棚屋。然後我們走進躺下睡去，一覺到天明。

第一道曙光乍現，我們便起床準備打獵。我們帶了三把步槍、彈藥和一大瓶冷茶，早餐吃得狼吞虎嚥，大家都等不及動身去打獵。烏姆寶帕、科伊瓦、文特沃格樂與我們同行，其他卡菲爾人則留在原地準備剝下獅子皮和貂羚皮並把肉切碎。

我們輕易地找到大象蹤跡，一番檢查後，文特沃格樂指稱有二、三十頭大象，其中大多是成年公象。這是象群夜行時所留下的足跡，現在是上午九點，天氣十分炙熱，從遭到破壞的樹、撞爛的樹葉和樹皮、冒著熱氣的象糞看來，我們距離牠們不遠。

不久後，我們看到象群，象群數目和文特沃格樂的估算如出一轍，約莫有二、三十頭。此時象群已經吃完早餐，晾著大耳屹立在山谷裡，確是一幅絕倫美景。牠們距離我們約兩百碼遠。我空拋出一把乾草，用以測量風向。一旦象群嗅到我們的氣息，便將在我們射擊前展開奔逃。風向是從大象那兒吹來，於是我們悄悄地匍匐前進。幸有灌木叢作爲掩護，我們此時距離大象約有四十碼遠。在我們前面和側面，站著三頭高大公象，一頭頂著巨大象牙。我低聲向其他人示意，我要獵捕中間那頭象。亨利爵士指指左邊那頭，古德則負責長著巨大長牙的那頭。

「開火！」我低聲說。

砰！砰！砰！三把重槍齊聲發射，亨利爵士射中心臟，大象應聲倒地。我射的那頭象則跪倒在地，原以爲牠就要斷氣，卻突然站起衝向我，我又朝牠的肋骨開了第二槍，這次牠眞的氣絕身亡了。我迅速地再裝上火藥，湊近往象頭補上一槍，這頭可憐的象終於停止掙扎。就在我轉身要探看古德的情況之時，耳裡傳來一聲憤怒而痛苦的尖叫聲，上校正處於亢奮狀態。中彈的象轉身朝攻擊者奔來，他幾乎沒有時間躲避，大象茫茫然地從他身旁衝過，朝我們的營地方向衝去。象群因驚慌而四處潰散。

我們爭論著是否繼續追趕那頭受傷的大象或是跟蹤象群的問題，最後決定選擇後者。追蹤象群比較容易，牠們奔跑時會踐踏厚厚的矮樹叢，後方自然遺留猶如車軌般的痕跡。

但是想追上牠們又是另一回事。我們在烈日下奮力追趕兩小時才發現牠們的蹤影。除了一頭公象以外，其餘的象群全數站在一起。象群舉起長鼻嗅著空氣的獨特方式顯示牠們正處於警戒狀態。那頭公象獨自在距離象群五十碼處站立著，距離我們則有六十碼遠，顯然牠正在放哨。距離得更近些，象群可能會看到或聞到我們的氣味，然後再度跑開，特別是此處佔地開闊，於是我們決定一律瞄準那頭公象。我低聲發號命令，大家一同開火。三把槍全數射中公象，巨獸倒地死亡。象群再度四處逃散，不幸的是，前方一百碼處是乾枯河床的峽谷，或者稱是一處旁有堤岸的乾涸水道。象群紛紛跳了下去，我們到達岸邊時，牠們正瘋狂地掙扎著，意欲爬上對岸，耳裡盡是象群的尖叫聲。有些

・象群和誇特曼等人正展開一場廝殺。

大象宛如人類般，自私地將其他大象推倒一旁，並且嗚嗚的吼叫著。對於我們而言，這是個好機會，我們迅速地裝上彈藥射殺，打死五頭可憐的大象。若不是牠們突然放棄上岸，轉頭衝向河道的話，我們能一舉成擒整批象群。但我們過於勞累而無法追上牠們，也或許是因爲我們對於這場獵殺心生厭倦了，於是中止了狩獵行動。一天獵得八頭象，算是豐富的斬獲。

我們休息片刻，卡菲爾人取出兩頭象的心臟作爲晚餐。我們開始打道回府，大夥也心滿意足，打算次日再差人前來取下象牙。

我們再度經過古德打傷那頭象的地方，遇見一群羚羊，但我們並沒有射殺牠們，因爲我們已經取得足夠的肉品。羚羊們躍過我們身旁，佇立在約一百碼外的矮樹叢後，轉身瞧著我們。古德想要湊近看牠們，因爲他從未近距離地看著大羚羊。他遞給烏姆寶帕一把步槍，便朝矮樹叢走去，科伊瓦跟在後頭。我們則坐著等待他們，順便休息一晌。

正逢夕陽西下，亨利爵士和我欣賞著這幅美景。突然間，我們聽到一頭大象嘶吼著，接著看見翹起長鼻和尾巴的巨獸身影向前奔，紅霞照耀下顯得異常亮眼。古德和科伊瓦向我們狂奔而來，大象則緊追在後。我們一時不敢開槍，深怕不愼誤傷了人。即便我們開火，但以此距離來看，其實並無用處。恐怖的事情發生，古德成爲熱愛文明裝扮的受害者，若是他願意放棄長褲和綁腿高筒靴，如同我們身穿法蘭絨上衣和生皮短筒靴進行打獵，或許就不會出事了。他的長褲在這場殊死戰裡顯然使他受累，他在距離我們約六十碼遠時，不料讓隻靴子滑在乾草上，正好倒在大象面前。

我們全都氣喘吁吁，心知他肯定逃不了，因此使勁地向他奔去。一切在三秒鐘內結束了，事情卻不同於我們想像的那樣，那名祖魯男孩科伊瓦眼見主人跌倒，勇敢地轉身將長矛刺向大象，刺中象鼻。

大象用象鼻抓住那個可憐的祖魯男孩，伴隨一聲痛苦的吼叫，將男孩應聲甩在地上，象腳踩上他身上，在上半部搓了兩下，活生生地將男孩踩成兩半。

我們驚恐得瘋狂衝上前去，連開了數槍，最後大象應聲倒在祖魯男孩的碎屍旁。古德站起身來，雙手緊握站在這個捨命護己的勇士身旁。雖然我是個經驗豐富的獵人，依然感到一陣哽咽。烏姆寶帕站在那裡凝視著大象巨屍與可憐的科伊瓦的殘骸。

過了不久，他開口說道，「啊，好了，他死了，但他死得像個男子漢。」

第五章 前進沙漠

我們合計殺了九頭象，花上兩天光景將象牙取下並運回營地，小心翼翼地埋在一棵大樹下。這棵樹生得碩大，能在方圓百里內博得注目，算是極佳地標。我從來沒有見過如此優質的象牙，每支象牙平均重達四、五十磅。踩死科伊瓦的公象的牙，估計將近重達一百七十磅。

我們將科伊瓦埋在一個食蟻獸穴，還有一支長矛陪葬，希望他去另外一個世界的路上能夠保護自己。第三天，我們出發了，但願有日能夠回來讓地下的象牙出土。我們依照預定路線，經歷一段漫長而乏味的旅程，途中經歷許多冒險，最後，我們到達接近魯坎加河的達西坦達村，也是我們此次遠征的眞正起點。直到現在，我仍能清晰地掌握這個地方的梗概。右邊是零散當地人的定居點，建有幾處石砌牛欄，河水下游佈有耕地。當地居民就在這片貧瘠土地上收獲穀物。向更遠處延伸望去，便是廣闊的「草原」，有些四處遊蕩的小型野生動物。左邊是蒼茫無涯的沙漠。這個地方位於富饒鄉村的前哨，至於形成這般自然環境的遽變原因，實在難以解釋。

營地正下方有條河，河川彼岸是面石子斜坡，斜坡外由灌木叢覆蓋著。二十年前，我就在這片斜坡下看見爲了尋找所羅門王的寶藏而爬行返回的西爾維斯特拉。

紮好帳篷後已是黃昏時刻，夕陽漸漸西沉沒入沙漠，繽紛炫麗的光線照亮了廣闊的天空。收拾帳篷的工作由古德負責，我和亨利爵士走到對面山坡上，眺望那片蒼茫沙漠。目光落在遠方天際，我依稀分辨出所羅門群山滿覆白雪的淡藍色輪廓。

「瞧，那裡就是所羅門王的寶藏之牆，天曉得我們是否能夠爬上去。」我說道。

「我的弟弟應該就在那兒，若他仍活在人世的話，無論如何我也要到那兒去。」亨利爵士用著慣有平靜且自信的語氣說道。

「但願如此，」我答道，然後轉身回營。此刻我們並不孤單，身後也有人認眞地凝視遠方群山，他就是祖魯人烏姆寶帕。

眼見我開始注意他，他便開口與亨利爵士交談。

「你們打算去那裡嗎，因楚布？（土話意指大象，這是卡菲爾人給亨利爵士取的名字。）」他用長矛指著遠方高山說道。

我尖銳地反問以此向主人說話是何用意。這個民族替人取名立意頗美，但若當面直呼名號則不太成體統了。他平靜地一笑置之，這種態度反而讓我更爲光火。

「你怎麼知道我與因楚布不平等？」他說道，「無疑地，他出身貴族，從他的風度氣質可以發現，或許我也一樣，但至少我同他一樣偉大。喔，馬楚馬乍恩，將我的話讓因楚布知道，我有話要對你們兩位說說。」

我對他感到極爲生氣，因爲我不習慣卡菲爾人對我這麼說話，但是無論如何，他讓我留下深刻印象，此外，我很想知道他想要說些什麼，因此我將他的話轉譯給亨利爵士，同時表示他是個粗魯的傢伙，既狂妄又自大，實在令人無法忍受。

「是的，烏姆竇帕，」亨利爵士回答道，「我是要去那兒。」

「這個沙漠非常遼闊，沙漠中沒有水；這座高山上面終年覆蓋著白雪；沒有人知道日落處有什麼；因楚布，你如何到達那裡？你爲何要去那裡？」

我翻譯了他的話。

·誇特曼一行人站上高峰遠眺所羅門山。

「告訴他，因爲我相信我弟弟去了那兒，所以我要去那尋找他的蹤影。」亨利爵士說道。

「是這樣的，因楚布，途中曾經有人告訴我，兩年前一個白人帶著一名僕人和一個獵手朝那高山走進沙漠，此後再也沒有回來。」

「你怎麼知道那是我的弟弟？」亨利爵士問道。

「不，我不知道，但我曾經問過那個霍屯督人，這個白人是何模樣，他稱那人有著和你一樣的雙眸和黑鬍子，同行的獵手名叫吉姆，是個著衣的貝專納獵手。」

「他說的沒錯，我很熟悉吉姆。」我說。

亨利爵士點頭說道，「我相信這是眞的，喬治一旦下定決心的事，就會去做，兒時的他就是這樣。如果他想穿越所羅門群山，他肯定會去，除非發生危險。我們必須去那兒找他。」

原來烏姆寶帕懂得英語，但是他幾乎不說。

「這是趟遠行，因楚布，」他插嘴說道，我翻譯給亨利。

「是的，」亨利爵士答道，「非常遙遠。但是只要下定決心，在這世上沒有去不了的地方。烏姆寶帕，沒有人做不到的事，沒有爬不過的山，也沒有穿不過的沙漠。你會爲爬山、越過沙漠而儲備所有知識。只要憑藉著愛，人的命運操之在己，隨時準備依照上帝旨意選擇堅持或放棄。」

我照著翻譯了。

「多麼足以鼓舞人心的話，我的主人！」祖魯人答道。我總是叫他祖魯人，儘管他並非眞正的祖魯人。「你說得對！生命有時像羽毛，有時又像一粒草籽，倘若種子飽滿沉重，或許它能走上一丁點兒路程。人生終究難免一死，最壞的地步不過是早早命終。我的主人，除非我倒在路上，我要追隨你穿越沙漠和高山。」

停頓一下後，他繼續吐露著奇怪的措辭與華麗的口才，在我的眼裡看來，祖魯人重複這些無意義的話代表這個民族毫無詩歌本能和智慧的力量。

「生命是什麼？告訴我，尊貴的白人，誰又是智者？誰知道這個世界、星辰的秘密，以及星辰之上或世界周圍的秘密？誰從遠處無聲地傳遞他的話語？告訴我，白人，我們生命的秘密，它從何處來又往何處去？」

「你無法回答我的問題對吧！」

「你眞是個怪人，」亨利爵士說道。

烏姆寶帕笑著，「看來我們兩個確實很像，因楚布。或許我也能在山的那頭找到一個兄弟。」

我狐疑地望著他，「你指的是什麼？」我問道，「對於那座山，你到底知道些什麼？」

「所知不多。那是一片神奇而美麗的地方，有著勇敢的人民、蒼鬱的樹木、清澈的河川、積雪覆蓋的山峰、雪白的馬路。這些全是聽來的，現在談論這些有何用處？毫無意義，唯獨能夠活著到達那裡的人才能看到這番景象。」

我又狐疑地看著他，這個人知道得太多了。

「你不用怕我，馬楚馬乍恩，」他看懂我的意思並對我說道，「我沒有爲你們設置陷阱，也全無陰謀詭計，若是我們能夠越過太陽後方的山脈，我便一五一十地全數奉告。但是死神在那座山上無處不在，大夥若是清醒，不妨折返吧！奉勸各位去獵象或做點其他活兒，我的主人。」

然後他沉默地舉起長矛向我們致敬，轉身走向營地。

「眞是個怪人。」亨利爵士說道。

「是啊！」我答道，「眞是古怪，我一點兒也不喜歡他的行爲。他知情卻不肯透露。就連我想和他爭吵卻一點用也沒有，我們的旅途肯定會充滿新奇古怪的事，就算多個神祕兮兮的祖魯人也無大礙。」

次日，我們開始準備出發。我們不能拖著沉重的獵象步槍和其他裝備穿越沙漠，因此我們遣走雇工，安排一位上年紀的當地人爲我們看管工具，直到我們回來。對於將這些心愛的工具交給一個貪婪的土著老賊，我感到難受，因此我採取了防範措施。

我先爲所有步槍裝上彈藥並疊成錐狀，告訴老翁一旦碰了槍枝就會走火。他立刻用我的八孔徑槍試驗，不料，眞的走火了，一頭正回牛欄的公牛碰巧中彈，後座力也讓他跌了個踉，他吃驚地爲失去一頭公牛而暴跳如雷，因爲這頭牛是他厚顏要我支付給他的報酬。如今說什麼他也不敢再碰那

些槍枝。

「把這些該死的東西放到屋頂上吧，」他說道，「否則它會把我們全都殺光。」

我告訴他若是我們歸來發現東西短少，我就用魔力殺了他和家眷；要是我們死了，他企圖偷取那些東西，我就會化爲鬼魅使他的牛隻發瘋，使他的牛奶發酸，使他的生活糟透。我也會催出槍的惡魔，以一種他不愛的方式跟他說話。聽完這些，他發誓會像照顧祖魂般細心照料著。他是個十分迷信的卡菲爾老人，也是枚大惡棍。

將工具處理妥當後，我們準備五人：亨利爵士、古德、我、烏姆寶帕和文特沃格樂等途中的隨身攜帶物。這些裝備必須小巧且能滿足路途所需，每人負重要在四十磅以下。包括：

三把快步槍、兩百發彈藥。

烏姆寶帕和文特沃格樂專用的兩把溫徹斯特連發步槍和兩百發子彈。

五個考克恩水瓶。

五條毛毯。

二十五磅肉乾。

十磅最好的混珠禮物。

精選藥品，包括一盎司奎寧和一、兩小件外科手術器械。刀具和數種生活用品，如指南針、火柴、小型篩檢程式、菸葉、一把泥鏟、一瓶白蘭地、衣服。

這是全部裝備。對於這等冒險來說，這些東西的確太少，但我們不敢攜帶太多東西。因爲穿越熾熱沙漠，增加每一盎司重量，都是沉重負荷。但是我們不能再減少東西了。除了必需品之外，不帶其他物品。

我承諾送給每人一把上好獵刀，這才成功說服三名當地人與我們同行至第一站約莫二十英里遠處，他們每個人背著滿載水的葫蘆。我們決定在清涼的夜裡動身。我告訴三名當地人我們打算去獵捕駝鳥，因爲沙漠盛產駝鳥。他們吱喳地說了一會兒，又聳聳肩地說我們瘋了，這樣一來會渴死。坦白說，的確可能。不過，由於他們很想得到幾近未知的財富：刀子，便同意與我們前往，畢竟我們日後生死與他們無關。

第二天，我們睡覺休息，趁著日落時飽食一頓新鮮肉排並喝點茶。最後古德悲傷地說道，我們好久沒有喝酒了。做完最後的準備，我們躺下等待月兒升起。約莫九點，月亮終於東升，皎潔月光灑在空曠的荒野，爲眼前一望無垠的沙漠注入神祕色彩。我們起身做些準備，然而又猶豫了片刻。因爲人性總在邁出無法還原的那一步時，容易顯得舉棋不定。我們三個白人站在一起，烏姆寶帕手執長矛、肩扛步槍，站在我們前面不遠處，默然地凝視遠方。三名當地人則背著水葫蘆和文特沃格樂一起站在後頭。

亨利爵士低沉地說道，「各位，我們即將出發，這可能是前所未有的一次奇特之旅，不知是否能夠成功。無論如何，我們三人都會患難與共，堅持到底。出發前，讓我們向上帝祈禱，祂會依照祂的意願爲我們指點迷津。」

他摘下帽子，雙手捂臉進行約莫一分鐘的祈禱。我和古德兩人也如法炮製。

我必須承認我不是個善於祈禱之人，至於亨利爵士，我從未聽他說過這些話，唯獨這麼一次，我能感覺出他內心的虔誠。儘管古德總是咒罵不斷，這回也表現得十分虔誠。總之，在我一生中從來不記得那些比起此刻祈禱更爲虔誠的時刻了。不知道是何原因，我感到很快樂，我們的未來是個未知數，我覺得面對未知和恐懼時，人們總是會更

接近造物主。

「現在，出發！」亨利爵士說道。

於是我們上路了。

除了遠方群山和約西．達．西爾維斯特拉的地圖外，沒有任何東西指引我們。這張地圖是由三世紀前一名垂死且瀕臨瘋狂狀態的人在一塊亞麻布碎片所畫，因此，它並不是一件完美作品。但我們成功的希望寄託給了它。如果我們不能找到地圖上標誌的位於沙漠中央，距離起點約六十英里遠的臭水池，我們將可能渴死在沙漠中。我認爲在佈滿卡羅矮樹叢的浩瀚沙漠裡覓得水池的可能性極爲渺茫。又若地圖上所標記的水池位置正確，經過多年後，水池是否早已被烈日曬乾，或者被動物踐踏、被流沙所覆蓋了呢？

我們幽幽地在深夜裡寂靜地穿越大漠。卡羅矮樹叢經常絆腳，阻礙前行，沙子也會跑進生皮短靴和古德的獵靴，每走幾英里後，我們必須停下腳步倒出靴裡的沙子。儘管天氣陰灰，空氣中仍飄著一種黏膩感，因爲夜裡氣候較冷些，我們前進得還算順利。行走於沙漠之中的人感到孤寂，確切地說，應是感到極爲壓抑。古德察覺到了，開始吹奏起「拋在身後的女孩」一曲。只不過在空曠沙漠裡，這首曲子聽來悲悽，於是停下。

不久，發生事情了。我們起初很震驚，但很快地大家爆發大笑。古德曾經當過水手，善於使用指南針，因此他捧著指南針居前領路，我們一票人跟在後頭。突然間我們聽到一聲驚呼，古德消失了。接著我們四周響起非常奇特的叫嚷聲、噴鼻聲、呻吟聲和拚命的蹬腳聲。昏暗的光線裡，我們只能遠遠地望見沙堆上有個若隱若現的模糊奔跑影像。幾名當地人扔下東西準備逃跑，但又想起無處可逃，於是全都趴地大叫「有鬼！有鬼！」亨利爵士和我則吃驚地站在那兒。當我們明白那是古德朝山飛奔而去時，我們仍然感到震驚。顯然他是騎在馬上瘋狂喊叫著。接著，他舉起雙臂，我們聽見砰地一聲摔地了。

原來，剛才我們經過時，我們正巧碰到一群沉睡的斑驢，古德不偏不倚地被一頭驢絆倒，那頭斑驢站起來並馱著他奔跑。我向其他人打聲招呼，便追古德去了，心裡擔心他會受傷。幸運的是，我發現他坐在沙裡，仍然牢牢地戴著眼鏡，雖然十分恐懼地顫抖著，但他沒有受傷，這倒讓我鬆了一口氣。

之後，我們繼續前行，沒有再度發生意外。我們於是停下腳步，補充點水分，因爲水太珍貴，所以喝得不多。我們休息約莫半小時後繼續前進。

我們走著走著，直到東方猶如少女臉龐般泛起紅暈。東方漸漸地出現淡黃光線，瞬間又化成金色光束，穿越黎明與沙漠。星子逐漸變得暗淡，最後消失於天際；金色月兒慢慢變得蒼白，淡淡月光下，隱約見著群山的影子，彷彿垂死之人的顴骨。接著，燦爛的光芒從遠方而來，穿過無垠荒野，穿過霧靄朦朧，直至沙漠披上斑斕金光，天亮了。

我們依然沒有駐腳，此時我們也情願繼續前進，因爲我們知道一旦太陽完全升起，便幾乎無法行走於沙漠。一小時後，我們看見一小堆石頭，於是吃力地走近這堆岩石旁邊，發現一塊石板懸垂著，下方是平坦的沙，提供了一個避暑乘涼的好地方。我們趴在下面，喝點水，吃點肉乾，很快地睡去。

下午三點鐘，我們醒來發現三名當地雇工正準備打道回府。他們再也無法忍受，就算給他們再多的刀也不願再往前走。因此，我們喝飽了水，將他們身上背著的水裝至空水瓶，然後目睹他們踏上返家的路。

四點半左右，我們再度出發，除了偶爾見到鴕鳥外，放眼望去一望無際的沙漠幾乎不見任何生物。對於動物而言，沙漠實在過於乾旱，除了幾條死氣沉沉的眼鏡蛇，再也看不到其他爬行動物了。不過，有種昆蟲爲數頗多，也就是尋常可見的蒼蠅。我想起《

舊約全書》曾提起有種不凡的昆蟲，即家蠅，不管走到何處，都能見著牠們的蹤影。我曾見過琥珀的蒼蠅，有人說那鐵定有五十萬年歷史，牠和今日後代完全如出一轍。我毫不懷疑，若是世上最後一人死於夏天，蒼蠅肯定仍會圍著屍體嗡嗡作響。

日落時分，我們歇了歇腳，等待如同往日一般靜謐的月亮升起。凌晨兩點，我們休息片刻。整晚盡是疲憊地趕路，直到受歡迎的太陽升起，這才結束費力的旅行。我們喝了點水，筋疲力竭地倒在沙地，不久便沉睡過去。在此沒有必要放哨，因爲在遼闊且荒無人煙的沙漠裡，沒有任何人事物會讓人心生恐懼。唯一的敵人就是炎熱、乾渴、蒼蠅，這些比來自人類或動物的威脅更大。這次，我們並沒有幸運地找到可供遮陽的岩石藉以躲過烈日。七點鐘醒來，感覺自己如同烤架上的牛排般，險些被烤熟了。如火烈日就要吸出我們的血，我們坐起，熱得氣喘吁吁。

「哎呀！」亨利爵士說道。

「太熱了！」古德附和。

確是炎熱難耐，我們找不到任何足以遮蔽的東西。四周除了無限耀眼的陽光外，什麼也沒有，沒有岩石，沒有樹，烈日下，沙漠上空飛騰著熱氣，好似火爐。

「怎麼辦？」亨利爵士問道，「我們總不能這樣下去呀。」

彼此茫然地互望。

「我有辦法，」古德說，「我們挖洞鑽進去，並蓋上卡羅矮樹叢，這樣就可以擋一下陽光。」

這個建議不太具有吸引力，但總是聊勝於無，於是我們用泥鏟開始幹活。一小時後，我們挖出一道長十英尺、寬十二英尺、深兩英尺的地方。然後用獵刀割取一些矮灌木，平鋪在洞穴上方，蓋住身體。文特沃格樂是霍屯督人，炎熱對他不具特別影響。這麼一來多少遮蔽些許日光，但這臨時洞穴內的熱度實在難耐，比較起來，加爾各答的黑洞或許只能稱是玩笑，確實，此刻我不知能否撐過這一天。我們就這麼躺著喘氣，不時用以所剩不多的水滋潤雙唇。如果率性喝水，我們可能在最初兩小時內喝光所有的水，但我們不能這麼做，只得迫使自己謹慎用水。

但是，只要你活得夠長，任何事情都有結束的時候，等到夜晚來臨時，可怕的一天就過去了。下午三點，我們決定不再這樣耗下去，走著死去總比待在洞穴裡逐漸讓炎熱和乾渴帶向死亡來得強。這時飲水已銳減，每人喝了些。現在溫度約莫如同血液的溫度，我們搖晃著開始上路。

我們又在荒野裡走了五十英里。我們根據約西．達．西爾維斯特拉的地圖指示，若是水窪確實存在，距離我們最多應達十二或十五英里。

午後，我們緩慢而痛苦地爬行著，時速不超過一點五英里。夕陽西下時，我們休息了一會兒，再度等待月亮東升，然後喝些水，逼迫自己睡上片刻。

臨睡之前，烏姆寶帕要我們眺望遠方，大約八英里外，平坦大漠上有處微微起伏、輪廓模糊的小丘，彷彿一座蟻山。倒頭躺下的我依然揣測著那究竟是什麼東西。

月亮升起後，我們繼續邁開前進的步履。此時，我們已經筋疲力盡，同時忍受著乾渴和刺痛肌膚的炎熱。毫無經歷的人或許無法體會當時我們的感覺。我們走不動了，就拖著步伐在搖晃之間前進，有時疲憊得跌倒，只得停下稍作歇息，幾乎沒有力氣說話。古德生性樂天，喜歡開點玩笑，但是現在卻開不了一個玩笑。

約莫兩點鐘時，就在我們身心瀕臨崩潰邊緣時，終於到達了這座奇特的小丘，或稱是沙丘腳下吧！這座宛若巨大蟻丘看來約有一百英尺高，占地近兩英畝。

我們停下了腳步，渴得喝完最後一滴水。然後，我們都躺下了。我倒頭睡著時，耳裡聽見烏姆寶帕用祖魯語兀自說道：

「如果找不到水，明天月亮升起前我們都得死。」

儘管天氣這般酷熱，聽到這番話後，我仍打起哆嗦。這麼接近死亡並不是一件樂事，但是即便想起死亡，卻仍無法阻止我進入夢鄉的渴望。

第六章　水！水！

四點鐘左右，我醒了過來。儘管疲憊至極的身體獲得了休息，但極度乾渴卻讓我再也無法入睡。我夢見自己沐浴在一條奔流裡，綠色堤岸上長著濃密的樹木。當我醒來卻發現自己躺在乾旱沙漠，此時，我想起烏姆寶帕的話，「如果今天找不到水，我們肯定會渴死在沙漠裡。」若是這般高溫下少了水，沒有人能活得太久。我坐起身來，以乾燥粗糙的手擦著髒臉。嘴唇和眼眸都粘住了，唯有經過磨擦才能睜開雙眼和張開嘴唇。黎明就要來臨，但是空中卻沒有出現一絲曙光，只能看到無法言喻的濃濃熱霧，其他人則仍在睡覺。

不久，大夥醒來後，我們開始討論當前的危急情況，現在連一滴水也沒有。我們倒著瓶身，舔起瓶口，仍然無濟於事，它們骨瘦如柴。古德拿出一瓶白蘭地，目不轉睛地看著它，亨利爵士馬上奪下，因爲此時喝下純酒只會加速死亡。

「如果找不到水的話，我們就死定了。」他說。

「如果我們信得過老約西的地圖，這裡應該有水，」我說道，但是看來沒有人對此感到滿意。顯然大夥對於這張地圖缺乏信心。逐漸天亮了，我們坐在那裡兩兩相望。文特沃格樂站起來，目光直盯著地面，不久，他停下指著地面，發出一陣驚呼。

「怎麼了？」我們大聲叫道，隨即站了起來，朝著他的目光走去。

「噢！這是跳羚剛剛留下的足跡，但又如何？」我說道。

「跳羚是不會離開水的。」他用荷蘭語回答。

「是啊！我竟給忘了，感謝上帝啊！」我答道。

這個小小的發現爲我們注入了活力。當人陷入困境時，就算只有一絲希望，也會讓人感到滿心歡喜。滿目漆黑的夜空裡，佈上一顆星子總是勝於一片寂寥。文特沃格樂抬起塌鼻子，嗅著熱空氣，彷佛一頭老黑斑羚嗅到危險氣息的模樣。

「我聞到水了，」他說道。

這句話聽得我們歡欣鼓舞，因爲我們知道從小生長於野外的人具備敏銳的直覺。此時，眾人喜出望外的炯炯目光，一度忘卻了乾渴。

距離不到四、五十英里處，晨光下猶如銀子般閃亮的是示巴女王峰，兩側綿延數百英里的就是所羅門群山。現在我幾乎無法言喻這幅不凡的美麗景象。聳立在前的是兩座巨峰，即使世上他處確實存在著這樣的山脈，但在非洲別處根本無法看見類似景象。每座山峰至少高達一萬五千英尺，兩座相距不出十二英里，峭崖連接起兩座山峰，威嚴肅穆的白色山峰直聳天際。這些山峰好比是巨門的柱子高聳著，狀似女性的胸部。有時候山腳下的薄霧和陰影看似躺臥的女子面遮薄紗入睡。山脈底座自平原緩慢上升，從遠方望去顯得十分平滑而豐滿，上方有座覆蓋著白雪的巨大圓丘，酷似女子的乳頭。其間懸崖看來高達幾千英尺，極爲險峻。我們可以從各個方位看見懸崖伸出的輪廓，不過視線常被平坦的平頂山脈阻斷，而平頂山脈的構造在非洲素來習以爲常。

這等壯觀景象實在無法全面地予以描繪。所羅門群山散發出一種說不出來的莊嚴，遠遠勝過那些巨大火山。過了不久，晨光照耀著白雪及白雪下方的褐色群山。接著，我們充滿好奇的目光似乎蒙上一層面紗，雲霧繚繞，慢慢地顯得濃厚，這番壯麗景象只能透過羊絨狀外部宛如幽靈般隆起的龐大完美輪廓呈現。事實上，我們後來發現它們通常環繞著奇特的薄霧。

就在我們不斷遭受乾渴襲擊、無法忍受時，示巴女王峰完全消失在濃霧中。這就是文特沃格樂所嗅到的水的氣味，卻沒有任何水的蹤跡。放眼望去，只有乾旱滾燙的沙漠和卡羅矮木叢，再也沒有其他的了。我們焦急地繞過小丘到另一邊去找水，仍然不見一滴水或任何水的痕跡。

「你這個笨蛋，根本沒有水。」我氣憤地對文特沃格樂說著。但是他仍然抬起難看的塌鼻子不停地嗅著氣味。

「主人，我聞到水在空中的某處。」他答稱。

「是的，」我說，「那也是藏在雲裡，大約兩個月後會降下沖洗我們的骨頭。」亨利爵士若有所思地捻鬍說道，「或許水在山頂上吧！」

「胡扯，誰聽說過水在山頂上。」古德說道。

「我們上去看看吧！」我插嘴。我們絕望地爬上山丘另一側沙地，烏姆寶帕走在前頭帶路。不久，他突然停頓下來，呆若木雞。

「水！水！這裡有水！」他大聲喊著。

我們全都朝他衝過去，果然沒錯！沙丘頂上有個深坑，或者叫做缺口，裡頭確實有

‧大夥看到沙漠中的一口水，不管髒臭，高興的大口喝了起來。

水。我們根本不想去探究此異地形成這樣一口池子的原因，大夥全都奮不顧身地衝向這個又黑又髒的水池。這是水，或是像水的東西，不管是什麼東西，對我們而言，這一切已經足夠。我們蹦蹦跳跳地衝了過去，趴在池邊狂飲乏味的液體，彷彿上帝的瓊漿玉液。天曉得我們是怎麼喝個痛快的啊！喝完後，我們脫下衣服，坐進池裡，滋潤滾燙的肌膚。哈里，我的兒啊，或許你無法想像此刻坐在一個令人生厭而溫熱的水窪裡打滾是多麼奢侈的事。

一會兒過後，我們覺得恢復精神了，於是吃些肉乾。過去二十四小時裡，因爲實在過於乾渴，我們幾乎無法吃下一口肉乾，現在我們終於可以飽餐一頓了。後來我們抽了支菸，躺在神聖水池旁的池岸陰影下，一直睡到中午。

我們鎮日待在水旁休息，感謝上帝垂憐，讓我們幸運地找到了這座水池，儘管水髒得很。還要感謝早就離世的約西・達・西爾維斯特拉，是他在襯衫下擺準確地標記了這個位置。對於我們而言，這座水池能夠歷久猶存的確是再好不過了，我想它能長時間仍然存在的可能是在沙地深處有一些泉水滋養著。

我們塡飽肚子後，盡量地將水瓶盛滿，精神抖擻地趁著月色再度出發了。那晚我們走了二十五英里左右，路上再也沒有看見水。第二天，我們幸運地在蟻山後面找到一小片蔭涼地帶。太陽升起一會兒，便驅散了神祕薄霧，如今距離所羅門群山和兩座雄偉乳峰僅剩二十英里左右，此時山峰正好高高地聳立在我們上方，看來更加雄偉。我們再度趁著夜晚啓程，直到隔天清晨，我們已經走上示巴女王左乳峰上最低的一道斜坡。我們再次用光了水，準備接受另一次嚴峻的乾渴考驗。看來似乎沒有任何足以緩解困境的機會，直到我們到達上方雪峰，於是我們冒著炎熱繼續前行，萬分痛苦地跋涉在火山岩坡上。我們發現這座山的底部全是火山岩結構，應是久遠年代之前由火山噴發形成。

十一點左右，我們已經筋疲力盡。我們必須費力地走在火山岩的渣塊上面，儘管這比起我曾經聽說過阿森松島的表面來得光滑，但踩在上頭，腳底仍然感到椎心之痛，加上乾渴饑餓等種種痛苦，幾乎取走了我們的性命。我們上方幾百碼處有些大型火山岩，我們朝這些火山岩塊走去，想要在其陰影下歇息。等到到達那之後，我們訝異地發現在小型高地或山脊上的火山岩上覆蓋著一層濃密的綠色植物。顯然火山岩風化分解後，形成土壤堆積，正好成爲鳥類存放種子的好地方。但我們對於綠色植物並不感興趣，因此，我們只能坐在石頭下方呻吟著，此刻的我眞希望從未開始這趟愚蠢的旅行。正當我們一籌莫展時，烏姆寶帕蹣跚地向那塊綠地走去。令我詫異的是，這個素來威嚴的人竟然像瘋子般手舞足蹈起來，手中拿著一些綠色東西揮動著。我們拖著疲憊的身軀迅速爬向前去，但願他已找到了水。

「傻孩子，烏姆寶帕，這是什麼？」我用祖魯語對他喊道。

「這是食物和水，馬楚馬乍恩，」他又揮舞著手中的綠色東西。

我瞧瞧他手裡拿的東西，是個西瓜！我們竟然發現野生瓜地，有數千個熟西瓜啊。

「西瓜！」我對緊跟身後的古德說道，卻發現他已經用假牙啃起西瓜來了。

每人大約吃了六個西瓜，我們似乎從未吃過這麼美味的東西。

不過，西瓜並沒有什麼營養可言，只有多汁果肉可供解渴。我們還有一些乾肉片，但是已經開始吃得反胃了，而且必須省著點吃，因爲不知何時才能找到更多食物。這時出現幸運的事。我們看見沙漠上空約有一群十隻大鳥正向我們飛來。

「主人，鳥！鳥！快打，快打！」霍屯督人趴地並壓低音量說著。我們都像他一樣紛紛趴在地上。

隨後，我辨識出是群大鴇，正從頭頂上空五十碼處飛過。我拿起一把溫徹斯特連發步槍，等待牠們即將飛到頭頂時，趁機一躍而起。這群大鴇一眼見到我，正如同我的期待，拚命地擠成一團，我朝牠們中間最擁擠處開了兩槍，幸運地打下一隻，足足重達二十磅。半小時後，我們用乾西瓜秧生火，烤起鳥肉來。我們已經一週沒有進食了，趁著這次機會，得以痛快朵頤一番。除了骨頭和鳥喙，我們吃得一乾二淨，直到後來，我們再也沒有吃過比這更美味的東西了。

那晚，我們盡量帶著更多西瓜，繼續在月光照拂下前進。我們不停地向上爬，發現空氣變得越來越涼爽，使我們感到十分舒暢。黎明破曉時，我們判斷現在位置距離雪線不到十二英里。我們在這裡發現更多西瓜，不必擔心水的問題，因爲我們知道馬上就會出現雪了，但是山坡變得異常陡峭，前進緩慢，時速不到一英里。晚上，我們吃完最後的乾肉片，然而，至目前爲止，除了那隻大鴇，我們在山上沒有看到任何生物，也沒有任何泉水或溪流。山上滿是積雪，總有一些融化，但此時卻不見任何水，十分怪異。後來我們發現因爲一些無法解釋的原由，所有泉水盡流下山的北面。

如今，我們開始又爲食物擔憂。逃過渴死的險難，我們似乎又陷入餓死的深淵。其後三天所發生的悲慘事件，當時我已在筆記本裡詳加描述，現在抄錄在這裡。

「五月二十一日，上午十一點開始出發，此刻天氣涼爽許多，可在白天趕路，我們隨身帶了一些西瓜。掙扎一天，我們再也沒有看到西瓜，顯然此地已經超出西瓜生長區。我們也沒有看到其他獵物。日落時分，我們稍做停頓，此時已經有好長一段時間沒有進食。夜裡天氣很冷。」

「二十二日，太陽升起後再度出發。此時，我們感覺身體非常虛弱，一天只走五英里左右，我們在路上吃了一些雪塊，再也沒有其他東西可吃。晚上，我們在巨大高地的下緣夜宿，大夥喝點白蘭地，裹條毯子，蜷縮在一起用以保持體溫，維持生命。現在大夥既餓又累，以爲文特沃格樂會在那晚死去。」

「二十三日，太陽升起，四肢變得暖和些，我們開始掙扎著前行。現在大夥的情況極度惡化，我擔心如果仍無法找到食物，這一天很可能會是我們最後一天的旅行。但是還有一點白蘭地。古德、亨利爵士和烏姆寶帕尚能撐住，可是文特沃格樂似乎快不行了。如同大多霍屯督人般，他無法忍受寒冷。如今饑餓感並不強烈，但是我的胃已然麻木，其他人也是如此。我們現在位於雙乳峰間的陡峭山脈或火山岩壁上，景色很壯觀。後方光彩炫麗的廣大沙漠直向地平線延伸而去。前方是數英里的硬滑雪層，高達四百英尺的高山從雪層中央逐漸起伏，直上雲霄。這裡看不到一個活的東西，蒙主保佑，我想我們的末日眞要來臨。」

現在我要擱著日誌，部分因爲這些東西讀來不太具有意義，同時因爲後敘內容需要更爲準確的描述。

五月二十三日全天，我們緩慢地在雪坡上掙扎著，不時地停下來休息。我們看來一定十分古怪而憔悴，身上背著重物，拖著疲憊四肢穿梭曠野，帶著飢餓的眼神不斷地向四周搜索獵物。但是一點用處也沒有，這裡並沒有食材。那天，我們走不到七英里的路。就在太陽西下前，我們已經到達示巴女王左乳峰下方。這是一個巨大而光滑的冰雪，高達數千英尺。儘管我們虛弱不已，仍然忍不住讚歎這般奇景。夕陽餘暉的襯托下，這幅景色更加奇特，山上的雪全被染成血紅色，彷彿爲山峰戴上一頂璀璨皇冠。

「我說，應該到了老先生所寫的洞穴附近了吧？」不久，古德氣喘吁吁地說道。

「是的，若是眞有那個洞穴的話也應該快到了。」我說

「誇特曼，別這麼說，我非常信任約西，記住他指引我們的水窪！我們應當很快就能找到這個地方。」亨利爵士呻吟著說道。

「若在天黑前找不到的話，我們就死定了，這就是我要說的。」我答道。

接下來的十分鐘，我們保持沉默，繼續徒步跋涉。烏姆寶帕突然裹起毛毯，抓住我的臂膀。他用腰帶緊紮著腰部，他說這樣可以減少饑餓感，這也使他的腰看起來酷似女孩的腰。

「瞧，」他指著山頂上一處突出的斜坡說道。

我順著他的目光望去，距離兩百碼外的雪裡似乎有個洞口。

「那是洞穴，」烏姆寶帕說道。

我們匆匆趕去，發現那個洞的確是個洞穴入口，這裡就是約西·達·西爾維斯特拉所描寫的洞穴。到達這個避身處時，太陽已經迅速西沉，洞穴一片漆黑，因此我們走得緩慢。由於海拔很高，這裡只有微弱的光線。我們爬進洞穴後發現洞穴似乎不大。我們喝下最後的白蘭地，然後相擁取暖，試著在夢裡忘記所有痛苦。但天氣實在太冷，我們怎麼也睡不著。我相信在這海拔高度，溫度至少在零下十四、十五度左右。對於我們這些疲憊虛弱、缺乏食物、歷經沙漠炎熱的人來說，這等溫度意味著什麼，讀者應能料想得到。我感覺目前最接近死亡。有時，其中一個人會不安地睡上幾分鐘，雖然睡得不多，但已經是幸運的了，若是我們多睡一會兒，實在懷疑我們是否能夠再度醒來。

黎明前不久，我聽到鎮夜牙齒猶如響板作響打顫的文特沃格樂深深地嘆了一口氣，之後他的牙齒便不再打顫了。當時，我並沒有多做他想，以爲他只是沉睡過去，他的背倚在我的背上，後來我感覺他的身體似乎越來越冷，最後冷如冰霜。

當光線逐漸劃開天際，終於照在火山岩洞的壁上，也照在我們已經趨於半僵的身體上，也照到了文特沃格樂身上。他已經死了，像是石頭般又冷又硬。在我聽到他嘆息後，他就死了。我們震驚地將自己挪離屍體，他就坐在那兒，胳膊抱在膝上。

寒冷的陽光照進洞口。猛然聽到一道恐怖的驚叫聲，於是回頭望向洞裡。

原來不到二十英尺的洞穴盡頭，尚有另外一具人體，頭垂掛於胸前，手臂雙垂。我認出這也是一個死人，而且是個白人。

其他夥伴也看到這幅景象，所有的一切帶給我們無限震撼，我們再也無法忍受，於是紛紛拖著半僵的四肢，連滾帶爬地逃出洞穴。

第七章　所羅門大道

跑到洞穴外面，我們停下腳步，感到自己愚蠢極了。

「我要回去，」亨利爵士說道。

「爲什麼？」古德問。

「因爲這使我想起，我們看到的可能是我弟弟。」

我們又回到洞穴裡驗證。由於習慣外頭的明亮，我們一時無法適應洞裡的亮度。然而，不一會兒，我們慢慢適應半黑狀態，便朝那名死人走去。

亨利爵士跪下，仔細地端詳著亡者的臉。

「感謝主，不是我弟弟。」他如釋重負地嘆了口氣。

我也湊近一看，這是名中年男屍，個子很高，鷹鉤鼻，灰白頭髮，鬍子長且黑。蠟黃皮膚緊緊地包著骨頭。除了一條毛料緊身褲外，其他衣服全被脫光，露出赤裸裸的骨架。頸上戴著一條黃色象牙十字架，屍體已經僵硬。

「究竟是誰？」我說道。

「你難道猜不出來嗎？」古德問著。

我搖搖頭。

「哎呀，當然是約西・達・西爾維斯特拉，除了他還有誰呢？」

「不可能啊！他三百年前就死了！」我氣喘吁吁地說道。

「我想知道這裡有什麼能讓他的屍體保存三百年而不朽？」古德說道，「只要氣候夠冷，肉體將永遠如同紐西蘭羊肉般新鮮。天曉得這有多麼冷，沒有日照，也沒有動物進入破壞。無疑地，他就是地圖上提到的那個人，他的僕人脫下他的衣服，讓他留在這裡。他無法獨自將他埋葬。瞧！」他彎腰拾起一根奇形怪狀、一頭被削尖的骨頭，「這是他用來畫地圖的裂骨。」

我們驚訝地看著，完全忘卻了自己的痛苦，這簡直太不可思議了。

「唉，」亨利爵士說道，「他從這兒取得墨水。」他指著男屍左臂的一個小傷口：「誰曾經見過這種玩意兒？」

大家不再對這件事情感到疑惑，我承認自己感到十分詫異。那名死者約在十個世代前寫下指示，將我們引領到達這裡，現在，他就坐在這個地方。我的手裡拿著他的骨筆，他的脖子上仍然掛著臨死前吻別的十字架。我凝視著他，想像著最後一刻來臨時的情狀。這位行者死於飢寒，卻仍耗盡全力將他所發現的秘密告知世人。依據著坐在我們眼前的姿勢看來，他死得異常孤寂。甚至從他稜角分明的臉龐，可以看出我那可憐的朋友，也就是他的後裔的模樣，二十年前死於我懷裡的西爾維斯特拉。不過這只是想像罷了，無論如何，他現在就坐在這兒，成爲那些汲汲於探求未知世界的人們最終換得悲慘命運的紀念。如果還有人入侵他的領地，他會戴著死亡的最高王冠，繼續坐在此地不知凡幾，然後讓那些與我們一樣的流浪者大爲震驚。這件事情給了飢寒交迫、奄奄一息的我們一記沉重的打擊。

之後，我們離開兩人，一位在當年富有聲望的白人以及一位可憐的文特沃格樂，讓他們永留於永恆白雪裡。我們出了洞穴，擁抱著怡人日光，繼續踏上旅程。此時大夥心裡起伏不定，暗忖自己若是走上與他們相同的命運還剩多少光景。

我們走了半英里左右，到達高原邊境。由於晨霧繚繞使然，看不見下方景色。較高的霧層似乎更顯稀薄，我們看見腳下約五百碼處是條漫長的雪坡，盡頭有塊草地，中央有條溪流。除此之外，溪邊有群大型羚羊沐浴在晨光中，數目約有十至十五頭。因爲距離較遠，我們無法清楚地辨識出羚羊品種。

這讓我們感到莫名的快樂，只要能獵捕到牠們，就有足夠的食物，但如何捕獲是個問題。羚羊距離我們有六百碼遠，已經超出射程。然而我們的性命就仰賴在牠們身上了。經過迅速而理智地討論後，最終還是極不情願地放棄了。第一，風向不利。再者，我們必須穿過耀眼的雪地，不論多麼小心，終將被獵物察覺。

「我們必須在這裡試試看，連發步槍還是快槍好？」亨利爵士說道。

我們擁有兩把溫徹斯特步槍，即烏姆寶帕和文特沃格樂的配槍，射程可達一千碼，快槍的射程則達三百五十碼。不管使用哪一支槍，我們都得摸索著射擊。倘若擊中的話，子彈將劇烈膨脹，更可能打死獵物。最後我決定這次冒險使用快槍射獵。

「每人瞄準前方的公羚羊，肩膀往上提一些，仔細瞄準，」我說道，「烏姆寶帕下令，大家一起開火。」

當一個人明白自己的生命關鍵在這一發時，十有八九會這麼瞄準自己的獵物。

「開火！」烏姆寶帕用祖魯語喊道，三把步槍幾乎同時響起；瞬間，我們眼前出現三道煙霧，寂靜的雪地上迴盪著上百聲回音。不久，煙霧消失，露出口喔，太棒了！是頭大型公羚羊倒臥在地，百般痛苦地掙扎著。我們勝利地歡呼著，我們得救了！儘管身子仍很虛弱，我們還是衝上中央雪坡。約莫十分鐘後，羚羊心臟和肝臟已經擺在眼前。但是缺乏燃料，如何生火烤肉。我們沮喪地對望著。

「快要餓死的人不該空想，我們必須生吃。」古德說道。

爲了走出困境，別無選擇。蝕骨的飢餓感讓那些平時看來令人作嘔的生肉不再可怕，我們用雪塊冷卻心臟和肝臟，然後以溪水漂洗過，貪婪而囫圇地吞了下去。聽來眞是可怕，但是老實說，我從來沒有嚐過這麼好吃的東西。一刻鐘後，我們簡直換了另一個人，再度變得生氣勃勃，原本虛弱的脈搏再度強而有力地跳動著。不過，爲了避免吃得太飽而產生嚴重後遺症，我們只吃了一點便止住，此時的我們仍然滿懷飢餓。

「感謝上帝！」亨利爵士說道，「這些牲畜救了我們的命。這是什麼，誇特曼？」

我看看這隻羚羊，也不確定到底是什麼。它像驢子一樣大，生著一對大型彎角。我從不曾看過這種動物，這個新品種有著棕色皮膚，淡紅斑紋，厚重皮毛。當地人喚這些公羊名爲「英客」，十分稀有，只出現於高海拔地，其他動物根本無法生存於這種海拔高度。子彈正好射進羚羊肩部，不知是誰射中的，由於古德曾於射擊長頸鹿時顯露精準槍法，我想，他或許暗自歸功於自己，我們並沒有與他爭論。

我們忙著填飽肚子，沒能抽空察看四周狀況。飽餐一頓後，我們安排烏姆寶帕去割取羊肉，順便觀察周圍情況。八點左右，太陽升起，霧已消散，我們可以看到眼前所有景象。我不知道該如何描述眼前的奇景，想來應是前所未見，後無來者。

後方和上方是高聳覆雪的示巴女王峰；腳下約莫五千英尺處是層巒起伏的秀麗原野；前方是茂密高聳的森林，有條泛著銀色光采的河流穿越其中；左側是片遼闊無際、遠山環繞的豐碩草原，佈有無數的獵物或牛群，因距離過於遙遠，我們無法看清楚種類；右側有些山脈聳起於平地，上有耕地及成群的圓頂小屋。景色看來充滿詩意，河流猶如銀蛇般閃爍著，形同阿爾卑斯山峰頂那樣驟雪飛舞，卻又莊嚴肅穆，洋溢著悅人的燦爛日光和大自然的氣息。

兩件怪事引起我們的注意。第一，眼前的村落必定高出我們所穿過的沙漠五千英尺以上；第二，所有河流由南往北流。我們驚奇地發現腳下遼闊高原的南面完全沒有流水，北面卻有許多河流與一條大河匯流，這條大河遠遠奔出了視線。

我們坐下默默地看著這美麗的景色。不久，亨利爵士打破沉默。

「地圖上是不是沒有所羅門大道？」他問道。

我點頭，依然望著遠方村落。

「瞧那兒！」他指著我的右方。我和古德順著他的方向望去，似乎有條寬廣的公路彎向平原。不知爲何，這片奇異的土地上出現這樣的道路顯得極不自然。

「如果我們從右方拐進，必定距離很近，現在動身嗎？」古德說道。

這個建議聽來合理，我們在溪流盥洗後，隨即展開行動。越過一英里左右的大石和雪地，終於走到一個高地上方，腳下就是那條公路，是條打從堅石開闢出來的大道，至少寬達五十英尺，保存完好，但是後方通往示巴女王峰方向約一百步的地方，路就消失了，整座山的表面盡是石頭和雪堆。

「誇特曼，你看這是怎麼回事？」亨利爵士問道。

我搖搖頭，一無所知。

「我知道這究竟是怎麼回事！」古德說道，「這條路毫無疑問地正好穿過另一邊的山脈和沙漠，不過路被沙塵覆蓋，上方道路又被火山爆發而形成的熔岩淹沒。」

看來這是個不錯的解釋，至少，我們接受了，然後繼續走向山腳下。這麼一來證明吃飽喝足後走在大道上山下山與飢寒交迫攀爬雪山的情況完全是兩回事。想起文特沃格樂的悲慘命運，我們現在感到很是欣慰，儘管前方仍存在著許多未知的危險。每步行過一英里，天氣就變得暖和些，氣候越見溫和，景色亦是越發美麗。至於那條康莊大道，亨利爵士則稱瑞士境內有條相似的大道，但我從不曾見過這樣的工程。不難想像古代修築這條大道有多麼困難。更往前邁進，有條寬達三百英尺、至少深達一百英尺的大峽谷，下方填滿加工過的大石，底部挖出一個拱形建築供作排水道。另外一處則自五百英尺深的懸崖鑿出大道，呈Z字型。第三處，大道直接穿過位於山脊的隧道，寬達三十碼，或許更寬。

隧道兩旁盡是披著盔甲、駕著戰車的精緻雕像，其中有座雕作特別亮眼，描繪出一場戰役的完整過程，遠處押送俘虜的隊伍正在行進。

欣賞這幅古代藝術作品後，亨利爵士說道，「這名爲所羅門大道眞是再合適不過了，依我之見，所羅門人到達這之前，埃及人已經來過。即使這不屬於埃及人或腓尼基人的藝術作品，但我不得不說，兩者實在像極了。」

正午時分，我們已經下山走到山林交匯處。這是許多零散的矮樹叢，我們發現這條蜿蜒的路徑穿過泛著銀光的森林，這片林木近似位於開普敦平頂山的斜坡樹木。除了開普敦，我不曾見過這類森林，這片森林的外觀讓我大感驚奇。

古德滿腔熱情地看著這些發光的樹木說道，「我們停下來做頓飯吧。那個生羊心已經消化光了。」

沒有人反對這項提議，於是我們離開大道，走到不遠處的河邊，迅速地用乾樹枝生火。隨身帶著的羚羊肉被切成塊，仿效卡菲爾人那樣穿上削尖的樹枝烤熟，然後津津有味地吃起來。飽餐一頓後，我們點起菸，享受吞雲吐霧的滋味。比起最近經歷的險難，這簡直是天堂般的生活。

心中解除了危機感，最終也到了目的地，這個地方似乎散發著魔力，深深地吸引著我們。亨利爵士和烏姆寶帕坐在那裡，用著蹩腳的英語和祖魯語低聲交談著，感覺十分真誠，我則躺在蕨類植物形成的芳香床鋪，雙眼半闔。

我想起古德，想看看他正在做什麼。他正坐在河堤上洗澡，除了法蘭絨襯衫之外，幾近赤裸，愛乾淨的性格不斷地得到驗證。他洗了古塔膠衣領、抖開褲子、帽子和外套，然後仔細地收疊備用。他發現衣物歷經這趟可怕旅程而造成無數裂縫，於是悲傷地搖頭，然後脫下鞋子，拿把蕨類植物擦拭，直到看來沒有多大差異始才停手。他戴上眼鏡仔細地檢查鞋子，然後穿上，展開新的任務，他從袋裡取出梳鏡，仔細地兀自打量。顯然並不滿意，因爲他開始小心翼翼地整理頭髮，又摸了下巴，約有十天沒有刮鬍了吧，如今長得濃密。

我心想：「他總不會現在刮鬍子吧。」古德眞的打算這麼做。他拿出了一片裝在靴子裡的香皂，徹底在河中漂洗，然後又從袋子裡取出一把剃刀開始清除。此時，我看到一道亮光瞬間飛過他的頭頂。

古德驚呼著跳起。如果拿的不是一把安全剃刀，他可能割斷自己的喉嚨。我也跳了起來，有群人站在離我不到二十步、離古德不到十步遠的地方。他們個頭高大，膚色呈古銅色，其中有些人身穿寬大的黑色羽衣和豹皮短披風。站在前方的年輕人年約十七歲，一副希臘標槍手的姿態。顯然那道亮光是他投出的武器。

一個老兵模樣的人走出隊伍，抓住年輕人的胳膊說了些話，然後走向我們。

亨利爵士、古德和烏姆寶帕則抓起步槍示威。這群人仍然向前逼近，我突然想起他們對於步槍一無所知，或說他們對於步槍不屑一顧。

「把槍放下！」我對其他人說著。只有和解才是安全之道。他們放下槍，我則走到前面，對著那名拉著年輕人的老人說道。

「你好，」我也不知道該用什麼語言，於是用祖魯語問候。令我吃驚的是，他竟聽懂了。

「你好，」這個老人答道，用一種極爲近似祖魯語的方言，我和烏姆寶帕都能輕易地聽懂。後來我發現這人用的語言是一種老祖魯語，與我們的語言屬於同一語系，關係好比喬叟英語與十九世紀英語一般。

「你們打從哪兒來？」他繼續說道，「你們是誰？爲什麼你們三個人的臉是白的，而他的臉像我們兄弟？」他指著烏姆寶帕說道。我看看烏姆寶帕，他說得對，烏姆寶帕酷似眼前這些人，連同高大身材也是，但我沒有時間仔細思考這些巧合。

「我們是陌生人，爲和平而來，」我答道，爲了讓他聽懂，我放慢說話速度，「這是我們的僕人。」

「你扯謊，」他答道，「向來沒有陌生人能夠穿越萬物不生的高山，不過沒關係，如果你們是陌生人就必須受死，沒有陌生人能夠活在庫庫安納人的土地上，這是國王制訂的法律，你們準備受死吧！」

聽到這裡，我有些驚訝，特別是他們有人暗自地伸向腰間沉重的大刀，我更錯愕了。似乎這裡的每個人都掛著一把大刀。

「那個乞丐說了什麼？」古德問道。

「他說要殺死我們，」我冷冷地說著。

「噢，上帝，」古德呻吟著，就像平時不知所措時，一手把假牙拽下，又吧嗒一聲地飛快地放回嘴裡。這是幸運的一個動作，威風的庫庫安納人發出一聲恐怖的尖叫聲，他們飛快地退後幾碼遠。

「怎麼回事？」我說道。

「是他的假牙，」亨利爵士興奮地說著，「再把假牙拿出來，古德，拿出來！」

他聽話地取下假牙，放進法蘭絨襯衫的袖子裡。

好奇心戰勝了恐懼，人群慢慢趨前。顯然他們忘了要殺我們。

「怎麼回事，陌生人？」這名老人指著只穿著法蘭絨襯衫和靴子、鬍子刮了半邊的古

・看見古德忽隱忽現的假牙，庫庫安納人嚇壞了。

德，「那人穿著衣服，卻光著腿，蒼白的臉上半邊長著毛髮，半邊光淨，戴著一片閃閃發光的透明眼睛，還能從嘴裡拿下牙，再隨心所欲地放回嘴裡？這到底是怎麼一回事？」

「張嘴，」我對古德說道，古德馬上捲起嘴唇，像頭狂犬對那位老紳士咧了咧嘴，露出彷彿新生象牙般的淡紅色牙床。那些人看得張目結舌。

「他的牙呢？」人們大喊，「我們剛才明明看見的。」

他慢慢地轉身，做出不屑的手勢，另一隻手連忙地把假牙放進嘴裡。然後，他轉身又咧了嘴，瞧啊，嘴裡又露出了可愛的牙齒。

剛才向古德擲刀的年輕人嚇得兩腿發軟坐在地上，因爲恐懼而開始嚎叫起來，老人也嚇得兩腿發抖。

「我知道你們是神靈，」他結巴地說著，「難道凡間女人會生下半臉長有毛髮，半臉光滑，有著渾圓透明眼睛，能夠隨意移動牙齒的人嗎？主啊！請原諒我們。」

眞是幸運，我立刻抓住這個好機會。

「准允！」我露出王者的笑容說道，「你們應該瞭解事實，我們來自另一個世界，儘管我們和你們同樣身爲人類。我們來自夜晚那顆最大的星星。」

「噢！噢！」那些人齊聲驚呼。

我繼續說道，「沒錯，我們確實來自那裡，」我說著誇張的謊言，同時又露出親切的笑容。「我們要來與你們相聚一段時間，賜福你們。朋友，爲了這趟旅行，我做了充分準備，已經學會你們的語言。」

「原來如此，原來如此。」他們異口同聲。

「我的主啊，你學得實在是糟透了。」老人插嘴。

我怒得瞪他一眼，他嚇得直發抖。

我繼續說著，「現在，朋友，或許你們認爲經過長途跋涉的我們，該爲遭受如此對待而展開復仇，或許我們應該扭斷那冒瀆的手，就是向那牙齒可移動之人頭上擲刀的那條胳膊。」

「主啊，請饒恕他吧，」老人懇求說道，「他是國王的兒子，身爲叔叔的我，若是他出了紕漏，我應當爲他負責。」

「是的，確是如此，」年輕人強調說道。

「你們在懷疑我們的能力對不對？」我繼續說下去，不管他們彼此呼應，「等等，我會讓你們見識我的能耐。過來，你這個狗東西，遞給我那隻會說話的魔管。」我粗魯地對烏姆寶帕說道，然後歪著腦袋示意取來我的快槍。

烏姆寶帕立即反應過來，把槍遞來。

「尊貴的主子，請用，」他向我鞠躬。

取來步槍之前，我早已發現約七碼外有隻小羚羊站在岩上，我決定冒險射擊。

「你們看到那頭羚羊沒？」我向前面的人提示，「告訴我，凡間女人所生者，能夠從這兒用聲音殺死羚羊嗎？」

「萬不可能，我的主。」老人答道。

「但我可以殺了牠，」我平靜地說。

老人笑著答道，「這是我的主無法辦到的事。」

我舉起步槍瞄準那頭羚羊，這頭羚羊的體型很小，沒能射中自是情有可原，但是我深知這回不能失手。

我深深地吸了一口氣，慢慢地舉起步槍，那頭羚羊像石頭一樣定住不動。

「砰！」羚羊猛然躍起，然後像圖釘一樣從空中跌落。

人群發出恐懼的呻吟聲。

「如果你們想要羊肉的話，就去取回那頭羚羊吧。」我冷靜地說道。

老人打了手勢，有名隨從跑過去，不一會兒便扛回那頭羚羊。這是個完美射擊，正好擊中羚羊肩後。他們圍在動物屍體旁，驚愕地看著彈孔。

「瞧，我沒有空口說白話吧。」我說道。

沒有人應聲。

「如果你們仍然懷疑我們的能力，那請你們派個人站在那塊岩石上面，我在他身上試試，就像那頭羚羊一樣。」

看來沒有人願意接受這種挑戰，最後，國王的兒子答腔了。

「這是個好主意，我的叔叔，站到那塊岩上試試吧。魔法只能殺死羚羊，肯定殺不死人的。」

老人顯然不接受這個建議。

「不！不！我的老眼已經認清。這確實是魔法，我們把他們交給國王吧。倘若有人懷疑，那麼站到那塊岩石上面，聽聽魔管說些什麼吧。」

人群傳來急切的反對聲浪。

「魔法不能浪費在我們身上，」有人說道，「我們已經心滿意足，這連我們的魔法也無法辦到。」

「是啊，」老人的語氣緩和些，「的確辦不到。聽著，星星上的孩子們，眼睛發光、牙齒可以移動的孩子們，發出雷聲殺死遠方動物的孩子們，我是因法杜斯，庫庫安納前國王卡法之子，這位年輕人名爲斯克拉卡。」

「他差點把我殺了，」古德咕噥著。

「斯克拉卡是偉大的國王特瓦拉之子。特瓦拉國王擁有上千名妻子，是庫庫安納民族至高無上的統治者、所羅門大道的守護者、敵人的魔鬼剋星、黑魔法的繼承人，領導上萬名勇士。獨眼的特瓦拉，象徵恐怖和黑暗。」

「那麼，引領我們去見特瓦拉吧，我們不想與下層階級說話。」我傲慢地說道。

「好的，我的主，我們會引領你們前去，但是路途遙遠，我們出來打獵，走上三天才到這裡。如果我的主保持耐心，我們會帶路。」

「就這樣吧，」我漫不在乎地說道，「我們有的是時間，因爲我們長生不死。帶路吧！但是，別耍花樣，當心點，別妄想設下陷阱，不等你們的泥腦想出花招，我們就能知道得一清二楚，你們就等著接受我們的報復吧。那個有著透明眼睛、光著腿和長著半邊毛髮的人會穿越你們的土地，親手把你們毀掉。他那突然消失的牙會自動進入你們身體，啃噬你們與妻兒。魔管也會與你們大吵特吵，當心點！」

這番警告產生了效果，實際上是多此一舉，因爲他們早已牢記所謂的魔力了。

老人彎腰鞠了躬，振振有詞的說著「庫姆，庫姆」。後來我才知道這是他們最崇敬的稱呼，相當於祖魯語的「陛下萬歲」。他轉身交代隨從們，差人立即去拿我們的隨身物品，不過他們不敢碰那些槍枝。他們甚至拿了古德的衣服，古德一看此狀，立即撲前，大聲地吵著。

「不要讓有著透明眼睛和移動牙齒的主去碰，」老人說道，「他的僕人會帶上。」

「我想穿上，」古德用英語著急地說道。

烏姆寶帕翻譯。

「不，我的主，」因法杜斯答道，「我的主怎能在僕人前遮蓋他美麗的白腿？莫非是因爲我們冒犯了主，於是他才這麼做？」古德的臉龐黝黑，但皮膚卻很白。

我聽到這裡，幾乎笑了出來，有人此時拿起他的衣物。

「該死的東西！」古德大吼，「那個黑鬼拿了我的褲子。」亨利爵士說道，「古德，你在這個國家已經享有某種聲譽，你必須堅持下去，別再穿褲子。從此以後，你必須一直戴著眼鏡，穿上靴子和法蘭絨襯衫。」

我接著說道，「是的，你必須留著半邊鬍子，半邊剃光，倘若你改變了形象，這裡的人會把我們當成騙子。很抱歉，你必須這麼做。若是他們懷疑起我們，我們的性命可就不保了。」

「你眞的這麼認爲嗎？」古德沮喪地問道。

「我確實這麼認爲，你那『美麗的白腿』和眼鏡已經成爲我們的象徵標誌，如同亨利爵士所說的，你必須堅持下去。幸虧你穿著靴子，天氣也已經變得暖和了。」

古德大嘆，卻也不再多說，而他花了足足兩個禮拜的時間才適應新裝扮。

第八章　進入庫庫安納王國

午後，我們一直沿著大道行走，大道直通西北方。因法杜斯、斯克拉卡和我們同行，隨從走在我們前方，相距一百步遠。

「因法杜斯，是誰修築了這條大道？」我說道。

「主啊，這是很久以前的路，沒有人知道怎麼築的，何時築的，甚至已經活了數代之久的女人卡古爾也不知情。我們活得不夠老，更不記得是誰築的。如今沒有人能築出這種道路，國王細心呵護著，路上乾淨得不見任何一根草。」

「我們經過岩洞壁上的雕刻是出自誰的手？」我指著適才看見的埃及風格雕作。

「主啊，就是那些築路的人刻的，但不知是何許人。」

「庫庫庫安納族人什麼時候來到這裡？」

「主啊，我們族人在好多好多年前從外面蜂擁而來，」他指著北方說道，「由於高山環繞著這個地區，族人無法繼續走出去，於是我們便代代生活在這裡。聰明的女巫卡古爾也是這麼說。」他又指著覆蓋積雪的山頂說道：「這個地方很好，於是他們定居下來，逐漸強大。現在我們的人口多如海沙，特瓦拉召集軍隊時，放眼整個草原都是士兵的頂上羽毛。」

「山脈環繞著這片土地四面八方，部隊和誰打仗？」

「不，主啊，這片土地佔地十分遼闊，一直延伸到遙遠的北方，不時出現武士從未知土地過來襲擊我們，我們於是殺死他們。自從上次戰爭爆發以來，這已是第三代了。成千上萬的人死於戰爭，但我們消滅了那些企圖併吞我們的敵人。從那次之後，再也沒有戰事。」

「你們的武士肯定厭倦了終日倚著長矛的生活吧，因法杜斯？」

「主，自從我們消滅侵逼的敵人後，還發生了一場內戰，跟狗咬狗沒兩樣。」

「那又是怎麼回事？」

「原本的國王是我同父異母的哥哥，他有個孿生兄弟，我們這裡有道習俗，孿生子不能同時存活，必須處死較爲弱小的孩子。但國王的母親因爲心軟，於是藏起那名弱小的孩子，就是特瓦拉國王。」

「啊？」

「我們長大後，父王卡法去世。我的兄長伊穆圖繼承王位，他的愛妻生了一名兒子，孩子三歲時，正逢一場大戰結束，沒有人耕種土地，於是這裡發生嚴重飢荒，怨聲鼎沸，人民無異於飢餓的獅子，四處掠奪東西。充滿智慧而可怕的女巫卡古爾已經十分年邁，向人們宣稱『伊穆圖國王絕不是眞正的國王』。那時，伊穆圖國王受傷躺在營帳裡，無法下床走動。」

「後來，卡古爾走進一間小屋，將伊穆圖國王的孿生兄弟特瓦拉領出來。當年她將剛出生的特瓦拉藏在山洞裡。她卸下特瓦拉的腰布，讓庫庫安納人民看看環繞腰間的神聖蛇形記號，這是國王的長子的出生記號。她大聲喊道：『這就是我爲你們保護到現在的國王啊！』」

「此時人們已經饑餓得發狂，腦頭昏昧、是非不分，於是跟著她齊聲高呼：『國王！國王！』但我知道事實並非如此，伊穆圖是哥哥，是合法的國王。動亂趨於白熱化時，傷重的伊穆圖國王摻著妻子的手傴僂地走出小屋，小兒子伊格諾希跟在後頭，名爲閃電之意。」

「『為什麼這麼吵？你們為什麼喊著國王！國王！』？他問道。」

「這時，他的孿生弟弟特瓦拉衝向他，扯住他的頭髮，以刀刺穿他的心臟。人民總是變化無常，曾經一度準備迎接伊格諾希當新國王，如今卻拍手叫喊，『特瓦拉是國王！現在我們知道特瓦拉是國王！』」

「那麼伊穆圖的妻兒呢？特瓦拉殺了他們嗎？」

「不，我的主，看到自己的領主死了，王后帶著孩子哭著離去。兩天後，她饑腸轆轆地到達一個小村落，沒有人願意給她牛奶或食物，由於國王死了，她成為一個不幸之人，所有人都厭惡不幸之人。晚上，有名小女孩悄悄地給她一些玉米，她非常感謝這名女孩。日出後，她又帶著孩子走向高山，應該死了，因為從此再也沒有人見過她，也沒有見過她的兒子伊格諾希。」

「如果這個孩子依然活在世上，他應該是庫庫安納王國的正主吧？」

「是的，主，他的腰間有著神聖的蛇形標記，如果他還活著，他就是國王！但是，唉，他應該早就死了。」

「瞧，我的主，」因法杜斯指出下方平原上的圍籬小屋，周圍環繞著一條大溝。

「那就是最後看到伊穆圖的妻兒的小村莊，我們今晚就睡在那裡，」他含糊地補充說著，「如果，您確實要睡在這個世界的話。」

「我的好朋友因法杜斯，身在庫庫安納王國的我們必定入境隨俗。」我威嚴地說道，然後轉身向古德說話。他不高興地走在後頭，因爲無法停止法蘭絨襯衫在晚風裡飄揚。烏姆寶帕緊跟在後，顯然對我和因法杜斯的對話頗感興趣。他的表情很怪，讓我覺得他似乎極度費力地想起往事。

我們朝著平原加快腳步。赫然聳立在上的是適才翻越的山脈，透明薄霧籠罩著示巴女王峰。隨著步伐趨近，這個小村莊看來越是可愛，林木茂密，日光和煦，微風輕輕柔柔地從山坡上吹拂著，芬芳撲鼻而來。這片土地彷彿是座人間天堂，我從不曾見過這般美麗的景色、這麼豐富的物產和舒適的氣候。德蘭士瓦雖然是個好地方，卻根本不能與庫庫安納相提並論。

我們出發時，因法杜斯已派遣信差向村民通風報信，當距離村莊還有兩英里時，人群已經湧出來迎接我們。

亨利爵士的手搭上我的肩膀說，看來我們要受到熱烈歡迎了。他的語調引起因法杜斯的注意。

「主，不要害怕，」他趕緊補充說道，「我沒有詭計，這些人都是我的部屬，是我下令讓他們出來迎接你們。」

我輕鬆地點頭，但是心情並不輕鬆。

距離村莊約莫半英里時，人群排列站在大道斜坡上，場面浩大。每隊約有三百人，人手一支閃亮長矛，揮動著羽毛，迅速衝到斜坡的指定位置。我們到達斜坡時，十二支隊伍共達三千六百人已各自站好位置。

不一會兒，我們走到第一隊面前，驚奇地清楚看到前所未見的壯漢。他們正值壯年，多數是年約四十歲的老兵，沒有矮於六英尺的人，大多有六英尺三、四英寸高。他們頭戴著由黑尾雀羽毛嵌插而成的沉重羽冠，與嚮導同樣裝束。腰間和右膝下方纏著白色牛尾，左手持著直徑約二十英寸的圓盾。這些奇特的盾牌似乎就像蒙上一層乳白色牛皮的薄鐵盤。

每人手持簡單的武器，但是效果驚人，其中有支短重的木柄雙刃矛，刀身最寬處約達六英寸，不能用作投擲，而是像祖魯人使用的「長矛」，適合近距離作戰，要是被這種武器所傷，想必後果不堪設想。除了長矛外，每人還帶上三把重刀，每把重約兩磅，一把插在牛尾腰帶，另外兩把藏在圓盾後。庫庫安納人稱這些刀爲「托勒斯」，用它取代祖魯人投擲用的長矛。庫庫安納士兵可以準確地擲出五十碼遠，通常以齊發作戰。

我們走到隊伍對面，每隊人馬猶如動也不動的青銅雕像，穿著豹皮斗篷的指揮官站在隊伍前發出信號後，他們舉起長矛，齊聲歡呼「庫姆」。我們一走過去，隊伍便排列在我們身後，尾隨前進村莊，所有的庫庫安納的精銳部隊「灰軍」（以白色盾牌得名）跟在身後，步伐踩踏得震天價響。

後來我們離開所羅門大道，走到圍繞著村莊的大壕溝旁，壕溝至少達方圓一英里，以結實樹幹紮成的柵欄圍繞四周。壕溝入口有座原始吊橋，有人放下吊橋讓我們通行。村莊佈置得井然有序，貫穿村莊的中央道路和幾條小路形成直角交叉，將村莊房屋劃分成方形社區，每個社區住有一隊人。房屋採用荊條編成圓頂屋，無異於祖魯人，屋頂上的茅草看來很美。唯獨不同於祖魯房屋的是庫庫安納有著供人穿越的門口，佔地寬大，周圍設有六尺寬的走廊，鋪著石灰，外觀實在美極了。

幾百名女人沿著大道站著，全因好奇使然而走出家門來看看我們。對土著人而言，這些女人全都看來相當美麗，個頭高，姿態優雅，身材很好。頭髮短而捲，臉部特徵宛若鷹鳥般，嘴唇形同非洲人一般豐厚，但並不使人生厭。印象最深刻的便數她們散發著安靜高貴的氣質，每人都像經常出入上流社會參加宴會的人一樣有著教養，這一點不同於祖魯婦女以及桑吉巴島的馬賽人。她們好奇地看著我們，我們疲憊地從她們面前走過，她們也沒有好奇地作出粗魯的評論或是批評的字眼。甚至當因法杜斯悄悄地指著古德那雙「美麗的白腿」時，她們也沒有顯露出強烈的驚奇或羨慕的表情，她們的烏黑雙眼只是盯著那雙「美麗的白腿」看著。實在不得不提，古德的皮膚實在是太白了，這對生性羞怯的古德而言實在難受。

當我們到達村子中央時，因法杜斯選擇停在一間大房子前。

「進來吧，星星的孩子們，」他的語氣略帶誇張地說道，「請您委屈在寒舍休息，吃點東西。這裡有些蜂蜜、牛奶、牛和幾隻綿羊，主啊，食物就這麼點兒。」

「好極了，因法杜斯，穿越空間的旅行讓我們感到極度疲倦，就讓我們休息一下吧。」我說道，於是我們進屋，他們爲了讓我們住得舒適，早已做足準備，鋪好鞣皮床，也預備了洗澡水。

·村落裡的幾位女人都因好奇跑來看這群陌生訪客，尤其是古德的「美麗白腿」。

不久，我們聽到外頭傳來呼喊聲，是一排年輕女子托著一罐牛奶、烤玉米和蜂蜜，後面一群小夥子則趕著一頭小肥牛。我們收下這些禮物，一個年輕人從腰間抽出刀，俐落地割斷牛的喉嚨。不到十分鐘，牛就斷氣了，他們隨後把牛剝皮、支解，切下肉送給我們，我把剩肉留給周圍的勇士，他們也收下了「主的禮物」。

一名年輕可愛的女子協助我們，烏姆寶帕便在屋外升起爐火，用一口陶鍋煮肉。食物即將烹煮完畢，我們差人知會因法杜斯，邀請他和國王的兒子斯克拉卡共進晚餐。

不出片刻，他們趕赴前來，坐上小凳子。每個屋裡都擺設幾張小凳子，庫庫安納人不願像祖魯人那樣蹲著。老人顯得和藹可親，唯獨那名年輕人用著懷疑的眼神盯著我們，和隨行的人一樣，震懾於我們的白皮膚和魔法道具。但是當他們發現我們食衣住行無異於其他人時，他也就慢慢消退敬畏之意，逐漸轉為猜疑，這讓我們感到很不舒服。

亨利爵士建議設法打聽他們是否知道他弟弟的消息，或者是否曾經看過或聽說過這麼一號人物，不過，此時看來提起這件事並不恰當，因為我們很難解釋如何從「另外一個星球」走丟了一名親人。

晚餐過後，我們抽起煙斗，這讓因法杜斯和斯克拉卡大為驚訝，顯然庫庫安納人不懂煙草爲我們帶來如神仙般的快樂。這裡也有很多這種藥草，但他們只像祖魯人一樣用鼻子吸取。

我問起因法杜斯何時動身，他說準備明天上路，並派出信使送信通稟國王。看來特瓦拉正待在魯歐要地，籌備六月初的盛大年宴。這回年宴除了部分分隊留守之外，所有部隊都得前往接受國王檢閱。其後將舉行年度的巫師追捕活動。

我們計畫在黎明時刻動身，因法杜斯將一同前往，如無意外或河水上漲，我們可望在第二天晚上到達魯歐。

語畢，人們向我們道晚安。我們輪流放哨，三人一起呼呼大睡。由於過於疲憊，我們睡得香沉。烏姆寶帕則坐著警戒，防止出現任何叛變行動。

第九章 特瓦拉國王

我們沿著所羅門大道走了兩天，直通庫庫安納國的心臟地帶，走著走著，我們發現村莊越來越富有，周圍的耕地也越來越多。這些耕地與我們初來乍到時所見到的那些耕地一樣，皆派守大量駐軍。事實上，庫庫安納國裡的每名壯丁都是士兵，只要發生戰事，不論防守或進攻，全民皆兵。我們向前走時，身邊經過數千名戰士，正要趕赴魯歐參加國王檢閱和慶典，如此壯觀的軍隊實在罕見。

第二天黃昏時，我們在一處高地上休息，向下眺望就是美麗富饒的魯歐平原。這個地方占地遼闊，方圓約莫五公里，周圍村莊從這裡向遠處延伸。再往北約兩英里處，有座馬蹄狀的奇山，注定成爲我們比較熟悉的地方。魯歐的地理位置優越，一條河流穿過鎮上，劃一爲二，河上有幾

座橋樑，猶如我們在示巴女王峰所看見的建築。六、七十英里之外有三座冰雪覆蓋的山脈，狀似從平地拔地而起的三角錐。這些山脈構造不如示巴女王峰那樣光滑圓潤，顯得異常險峻。

因法杜斯見我們凝望著山峰，便主動展開介紹。

「這條路就在那兒打住，」他指著庫庫安納人口中的「三女巫」山脈說道。

「為什麼路到那裡就打住了呢？」我問。

「誰曉得？山上盡是岩洞，中間有個巨大深淵，古時智者經常去那兒尋找一些他們想要的東西，歷代國王都埋葬在那兒。」他聳肩答道。

「他們想要什麼？」我急切地問道。

「我不知道，來自星星的主應該知道，」他很快地瞥了我們一眼說道，顯然他並沒有一五一十地供出所有眞相。

「是的，你說的沒錯，我們知道很多事情。我曾聽說過古時智者來到這些高山裡尋找發光的石頭、漂亮的玩具和黃鐵。」我說道。

「英明的主，我只是個孩子，不能和主進行討論。主應與國王那的卡古爾女巫一同討論，她和主一樣睿智。」他冷冷地答道，說完便轉身離開。

他一走開，我向其他同伴指著那些高山說道，「那就是所羅門王的鑽石寶藏。」烏姆寶帕接著說道。

「是的，馬楚馬乍恩，鑽石必定就在那兒，既然你們白人這麼熱衷玩具和金錢，你們會得到它們的。」他用祖魯語插嘴說道。

「你怎麼知道，烏姆寶帕？」我厲聲回問，因爲我不喜歡他神祕兮兮的模樣。

他笑了笑答道：「白人，我晚上夢到的。」然後他也轉身離去。

亨利爵士接續話題，「我們的黑人朋友說些什麼？他一定沒有全盤托出。誇特曼，順道一問，他聽說過我弟弟的事嗎？」

「還沒呢，他向每位朋友打聽，但是他們全都表示不曾有白人來過這裡。」

「你認爲他曾經來到這裡嗎？」古德說道，「我們靠著奇蹟才到了這裡，他沒有地圖，可能到這兒來嗎？」

「我不知道，但是不知爲什麼，我覺得我會找到他。」亨利爵士沮喪地回應。

夕陽緩慢地西落，黑暗彷彿化爲有形，瞬間飛落這片土地。黑夜與白天之間沒有喘息時間，也沒有漸趨轉化的景象，因爲在這個高度的黎明並不存在。從白天轉爲黑夜的迅速變化，就像由生至死一樣地絕對。太陽落下地平線後，世界籠罩在陰影裡。不久，西方開始發出光芒，是一彎銀月，然後月亮升起，散發著如箭暗淡的光芒，灑落在平原上空。

我們站著仰望迷人的夜景，星子逐漸變得暗淡。我的心裡充滿一股無法言喻的喜悅。向來過著野外生活，少有讓我感謝生命賜予的機會，此時見到月亮在庫庫安納國上空升起，突然讓我洋溢著感激生命的衝動。

不久，朋友因法杜斯禮貌地打斷了我沉思的時光。

「如果主休息好了，我們接著動身前往魯歐吧。今晚那裡已爲主備好房間。月光現在還很明亮，走在路上不會跌倒。」

不久，我們到達城壕的吊橋旁，崗哨士兵卡嗒一聲向我們舉起武器，吼了一聲。因法杜斯下了一道聽不懂的口令，那個士兵隨即敬禮後，便讓我們通行。我們穿越中央街道，走了近半小時的路程，穿過許多房屋，最後到了幾座房屋的大門前，周圍佈有石灰院子，因法杜斯停下腳步，告訴我們這是今晚的住處。

進屋後，我們發現每人分有一間小屋，條件遠比我們之前見到的那些小屋來得好，每個房裡鋪有舒適的糅皮床，上頭鋪著香草墊。他們把食物準備妥當，我們用陶罐裡的水擦洗身體，一些年輕貌美的女子走了進來，爲我取來烤肉和玉米圓餅，並且講究地將食物放上木盤。然後向我們深深地一鞠躬。

我們要求把床搬到同一間屋子。那些親切的女人對於這道防護措施微笑著。由於歷經長途跋涉，筋疲力盡的我們一躺下就睡沉了。

等到醒來時，太陽已經高掛，那些女侍者前來協助我們準備梳洗，她們已經大方地站在屋前，毫無害羞之意。

「準備？眞是的！」古德咆哮，「只穿著法蘭絨和靴子，花不了多少時間準備。我眞希望你要他們把我的褲子拿來，誇特曼。」

於是，我照做了，但她們說那個神聖禮物已經被送到國王那兒，國王還吩咐下午要見我們。

儘管女士們露出驚訝和失望的表情，我們依然要求她們出去。古德又刮了右臉的鬍子，左臉的鬍子已長得十分茂盛。我們要求他必須維持原貌。我們則興高采烈地梳洗一番。亨利爵士的黃髮現在已經披肩，看來更酷似古丹麥人。我那頭灰白短髮如今已有一英寸長，平日至多只留半英寸。

吃完早餐後，一名地位等同於因法杜斯的人差使送信說道，如果我們願意的話，國王準備接見我們。

我們表示想等太陽高點時再去，因爲旅行過於勞頓。對於未開化的人，不需過於著急，這樣肯定沒錯。他們總把禮貌誤以爲敬畏或奴性。因此，雖然我們急於見特瓦拉，就像特瓦拉急於見我們一樣，我們仍然坐等一個小時，利用時間挑選一些禮物。我們打算把文特沃格樂用過的溫徹斯特連發步槍和彈藥獻給國王，把珠子獻給王后與朝臣。我們曾經送過因法杜斯和斯克拉卡，他們從未見過這樣的東西，因此非常愛不釋手。準備妥當後，因法杜斯領著我們去見國王，烏姆竇帕則帶著步槍和珠子走在後面。

我們走了幾百碼後，來到一座圍場旁，這裡的小屋類似我們的配屋，但是面積大上五十倍，圍欄外面也有一排小屋，是國王的妻子們的住房。正對門口前方的寬廣地帶座立一棟豪宅，是國王的居住地。其餘爲空地，若非那裡站上七、八千名士兵，應是一片空地。我們路上遇見的士兵全都集合在此。我們穿越其中，他們如同雕像般佇立在那兒，很難想像士兵們頭戴羽毛、手持閃亮長矛與鐵架牛皮盾牌是多麼壯觀。

豪宅前方是塊空地，前面擺設著幾張凳子，我們佔了其中三席，烏姆寶帕站在我們身後。因法杜斯坐在門邊。我們在寂靜中等待了十幾分鐘，成了八千雙眼睛的目標。儘管難受，我們仍盡量保持鎮定。門打開了，走進一名披著漂亮虎皮斗篷的高大身影，斯克拉卡跟在後面，還有一個在我們眼裡活脫是裹著毛皮斗篷的瘦皮猴。巨人坐在一張凳上，斯克拉卡在其身後，那隻瘦皮猴則爬到陰影處蹲下。

此時仍是一片寂靜。

巨人站起脫掉斗篷。他的模樣實在教人震驚。這個巨人有著令人厭惡的臉龐，和黑人一樣豐厚的嘴唇，扁塌的鼻子，微微發亮的獨眼黑眸，另外一眼是個窟窿，臉部表情看來殘忍而荒淫。頭頂著白色鴕鳥毛製成的羽冠，身上穿著一身發亮的護胸甲冑，腰際和右膝以白色牛尾裝飾。右手拿著巨大長矛，頸上纏著粗金項鍊，前額掛上一顆碩大的原生鑽石。我們猜測他就是國王。

仍是一片寂靜，不一會兒，巨人舉起手裡的長矛，八千支長矛立即舉起回應，眾人齊聲高呼「庫姆」。如此重複三次，每次都是天搖地動，這個陣仗可以比擬響徹雲霄的雷聲大動。

「臣民們，鞠躬，」那個猴子從陰影發出尖細的聲音，「這是國王。」

「是國王，」八千人齊聲回應，「鞠躬，臣民們，這是國王。」

隨後再度陷入一片死寂。我們左側一名士兵失手將盾牌掉在石灰地面，咚地一聲，劃破了寂靜。

獨眼的特瓦拉冷冷地尋聲望去。

「你，過來，」他冷冷地說道。

一名壯丁走出行列，站在他的面前。

「蠢蛋，是你掉了盾牌嗎？你想讓我在這些來自星星的陌生人面前丟臉嗎？你有什麼話要說？」

我們注意到那名可憐的年輕人的黯沉皮膚越發蒼白。

「這是意外。」年輕人咕噥。

「你必須爲這個意外付出代價，你已經讓我顏面掃地，去領死吧！」

「我是國王的畜牲，」那人低聲回答。

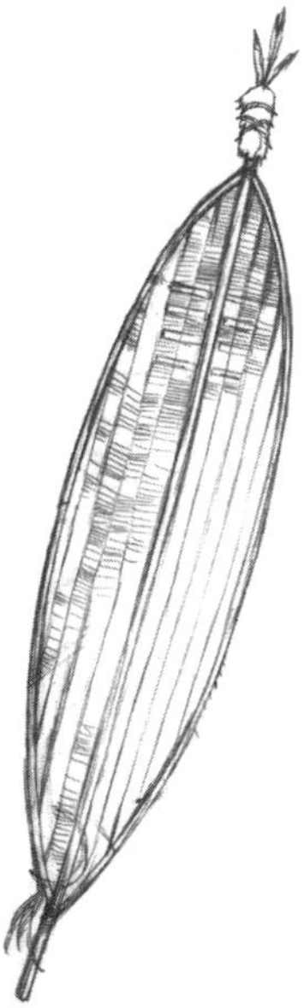

「斯克拉卡，」國王吼著，「讓我看看你如何使用長矛，殺了這頭蠢材。」斯克拉卡走到他前面，舉起長矛，露出邪惡的笑容。可憐的士兵用手捂住雙眼，呆若木雞地站著。我們也愣住了。

「一，二，」他揮動長矛，然後刺了下去，正中心臟，長矛刺穿身體。此時亨利爵士跳起來咒罵幾句，又在寂靜而壓抑的氣氛中再度坐了下來。

「刺得好！抬走。」國王說道。

隊伍中走出四人，將屍體抬了出去。

接著有名女孩走出屋子，捧著石灰粉罐。她把石灰粉撒在血跡上面，蓋住血跡。

看到這些事情，亨利爵士心裡充滿憤怒，我們很難讓他回復平靜。

「看在上帝的份上，坐下，這關係著我們的生死。」我低語著。

他只得屈服，安靜下來。

特瓦拉靜靜地坐著，直到血跡被清除後，才開始同我們說話。

「白人們，不管你們是誰，從何而來，爲何而來，歡迎你們來到這裡。」

「你好，庫庫安納國王特瓦拉，」我答道。

「白人們，你們從哪裡來？來這裡尋找什麼？」

「我們從星星而來，不要問我們爲什麼來這裡，我們是爲了看看這片土地。」

「你從遙遠的地方來，只是爲了看看這麼點東西，那位跟你們在一起的人，」他指著烏姆寶帕，「也是從星星來的嗎？」

「是的，我們那裡也有你們這種膚色的人，別問對你來說過於複雜的事。」

「星星上的人，你的口氣太大了，」特瓦拉用一種討厭的聲音答道，「記住，星星離我們太遠，你現在是在我的地盤上，是不是要我將你們像剛才的士兵一樣抬出去？」

我大笑起來，儘管心裡一點都笑不出來。

「尊貴的國王，行走在熱石頭上要小心，不要燙傷了自己的腳；手拿著長矛也要小心，別刺傷了自己的手。若是你敢動我們一根汗毛，災難就會降臨。如何，是不是讓這些人告訴你我們是怎麼樣的人？你們曾經見過像我們這樣的人嗎？」我指著因法杜斯和斯克拉卡，這個人年紀雖輕卻很惡劣，他正忙著擦拭矛上的血跡。我又指著古德，國王必定從沒見過像古德那副模樣的人。

「我的確沒有見過，」國王有意思地看著古德說道。

「他們沒有告訴你我們從遠處殺死動物的事嗎？」我繼續說道。

「他們已經告訴我了，但我不信，讓我看看你們如何殺人，替我殺了人群裡的任何一人吧，」他指著圍欄另一側說道，「這樣才能讓我相信你們。」

「不，」我答道，「除了正當理由，我們不願濫殺無辜，但要是你想見識，就派僕人把一頭牛趕出欄外，我能以不出二十步的距離，讓牛斷氣。」

「不，」國王大笑，「殺人，我就相信你們。」

「那好，尊貴的國王，你往那片空地走去，不出門邊，我就能殺了你；若是你不願意，派你的兒子斯克拉卡去也可以。」我鎮靜地說道。當時，我們非常樂意殺了他。

聽到這項建議，斯克拉卡哀嚎一聲，然後飛也似地逃進屋內。

特瓦拉威嚴地深鎖眉頭，顯然這個建議讓他感到不悅。

「趕出一頭小牛來，」他說道。

兩個人立刻迅速地跑出去。

「亨利爵士，現在你來射擊。讓這些惡棍知道，我不是咱們這群人裡唯一的魔法師。」我說道。

於是亨利爵士取出一把快槍，做好準備。

「但願我能射中。」他說道。

「你必須射中，」我答道，「如果你第一槍沒有射中，就射出第二發。看見牛走到一百五十碼遠處後便瞄準，等到那頭牛側身時再開槍。」

不久，我們看到一頭公牛向圍欄的門直衝而來，穿過門口後又繼續往前衝，看到人群，只得愣頭愣腦地停止前進，轉身開始哞叫。

「看你的了，」我低聲地說。

他舉起步槍。

砰！子彈射進牛肋，牛隻倒臥在地翻騰著。這發子彈效果驚人，幾千人大呼驚歎。

我沉著地轉身。

「尊貴的國王，我撒謊了嗎？」

「沒有，白人，這是事實，」國王敬畏地說道。

「聽好，特瓦拉，你已經親眼目睹，現在也該明白我們是爲了和平前來，不是爲了戰爭而來。瞧」我舉起溫徹斯特連發步槍，「給你一個空管，它能讓你和我們一樣取人性命，但也只有我施出魔法才能奏效，否則你殺不了任何人。一會兒，我示範給你看看。派出一人走出四十步，將長矛立在地上，扁平的刀刃朝向我們。」

幾秒鐘後，一切都已就緒。

「現在，睜眼看好，我要打碎那把長矛。」

我仔細地瞄準開火，擊中長矛的刃，將刀刃打成碎片。

人們再度驚歎連連。

「特瓦拉，現在送你這根魔法管子，將來我會教你如何使用。」說完，我遞出步槍。國王小心翼翼地接去步槍並放在腳邊。此時，那個瘦皮猴般的人爬出屋子的陰影處，匍匐爬到國王坐的地方，站起並撥開臉上的毛皮，露出一張奇異的臉龐。顯然這名女人因爲年紀太大，身材枯癟，臉如一歲孩童般的大小，爬滿皺紋。皺紋裡有條凹陷裂縫是她的嘴巴，下巴外突形成一點。値得一提的是，她沒有鼻子。若非那雙又大又黑的雙眼泛著智慧光芒，整個面容便宛若一具乾枯死屍的面孔。泛著黃色的禿頂在頭皮皺縮時，狀似眼鏡蛇的頭蓋。

看到這張可怕的面孔時，不免一陣顫慄襲來。那人站在那裡一會兒，伸出一隻皮包骨的手，指甲長達一英寸，搭在特瓦拉國王的肩上，以細小卻刺耳的聲音說道：

「聽，尊貴的國王！聽，臣民們！聽，山川原野，庫庫安納人的家鄉！聽，天空、太陽、雲雨風暴！聽，男女老少！聽，所有活著的東西一定會死去，所有死了的東西一定會再生，然後再度死去！聽，神靈在我的體內預言！預言！我預言！」

聲音就在孱弱哀鳴中逐漸消失，所有聽到這番話的人似乎被恐懼攫住了，包括我們。這個老女人實在太駭人了！

「血！血！血！血流成河，我看到了，我聞到了，我嚐到了，那是鹹味！」

「腳步聲！腳步聲！腳步聲！白人從遠方走來的腳步聲震撼大地，大地在顫抖。」

「鮮紅的血，剛剛溢出的鮮血風味最好。獅子舔著鮮血，不停地嘶吼，禿鷹在血 裡洗著羽翼，快樂地尖聲大叫。」

「我太老了，你們想想我多大年紀？你們的父親認識我，你們的祖父認識我，你們的曾祖父也認識我。我見過白人，也知道他的欲望。我老了，但是高山比我更老。告訴我，是誰修出這條偉大的道路？是誰在岩石上刻了壁畫？是誰聳

·可怕的女巫卡古爾。

起遠處的三座山峰，是誰看見深淵那邊藏有什麼東西？」她指著我們前天晚上曾經注意到的三座陡峭山峰。

「你們不知道，但我知道。你們之前曾有白人來過這兒，他們會吃掉你們、毀掉你們，沒錯！沒錯！沒錯！」

「那些可怕的白人會用魔法、懷有知識、身強體壯、意志堅定，他們爲何而來？尊貴的國王，你額上的亮石是什麼？尊貴的國王，誰製成了你胸前的鐵衣？你不知道，但我知道。我是老人，是智者，是伊薩努希，是女巫啊！」

她將禿頭轉向我們。

「你們在尋找什麼，星星上的白人，是的，星星上的？你們在找一名失蹤的白人對嗎？你們在這裡找不到他，他不在這兒。多年來再也沒有白人踏上這片土地，除了一次例外，他離開了這兒，肯定活不了。你們是爲亮石而來的吧！我知道，我知道；等待血乾涸時，你們就會找到它們。但你們想要回到原處，還是留下？哈！哈！哈！」

「還有你，黑皮膚的傲慢傢伙，」她用乾枯的手指著烏姆寶帕說道，「你是誰？你在找什麼？不找亮石，不找發光的黃金，你將離開『從星星上來的白人』。我想我認識你，我能聞得出來，我能聞出你心臟血液的氣味，鬆開你的腰帶。」

此時，那名怪人突然開始抽搐，倒臥在地，狀似癲癇病人，口吐白沫，讓人抬進了屋裡。國王渾身發抖，起身揮了揮手，士兵們立刻展開撤離。不到十分鐘，除了我們、國王和幾個隨從，整個場地變得空蕩蕩。

「白人，」他說，「我生起殺了你們的念頭。卡古爾剛剛說了長篇怪話，你們還有什麼要說的？」

我笑了一笑。「尊貴的國王，當心，我們不想輕易殺人，你看到公牛的命運了，莫非你也想落得跟那頭牛一樣的下場？」

國王皺起眉頭：「威脅國王不是件好事。」

「這不是威脅，而是事實，尊貴的國王，不妨試試，你便能體會。」

巨人摸摸額頭，思考再三。

「安靜地離開吧，」最後說道，「今晚有場盛大舞會，你們去瞧瞧，放心，我不會設下陷阱，明天再說吧。」

「尊貴的國王，好極了，」我漫不經心地回答，因法杜斯陪同我們返回宿地。

第十章　巫師大搜捕

我示意因法杜斯進屋。

「因法杜斯，現在我們想和你談談。」我說道。

「我主請說。」

「因法杜斯，我們認爲特瓦拉國王是個暴君。」

「是的，我的主。唉！活在他的暴政下，人民怨聲四起，今晚你們就會看到巫師大搜捕，許多巫師會被查出來殺頭。這裡沒有人活得安全。如果國王覬覦誰的牛，或者誰的妻子，或者他擔心誰會造反，卡古爾，就是你們今天看到的女巫，或是她的門徒，將找出行巫者，處以死刑。今晚月亮發白之前，會有很多人死去，或許我也會遭到殺害，因爲我擅於作戰，受到士兵愛戴，曾被赦免，但我不知自己可以活多久。特瓦拉國王的暴政令人怨聲連連，人們早已對他和血腥統治感到厭倦。」

「那麼，爲什麼人民不迫使他下臺呢？」

「不能，我的主，如果國王被殺了，斯克拉卡就會繼承王位，斯克拉卡的心肝比特瓦拉還要壞。如果斯克拉卡爲王，他帶給我們的枷鎖將比他父親更重。如果伊穆圖沒被殺死，如果伊格諾希還活著，局勢可能就不同了，但是他們全都死了。」

「你怎麼知道伊格諾希眞的死了？」我們身後傳來聲音，是烏姆寶帕。

「你這是什麼意思，孩子？」因法杜斯問道，「是誰准你說的？」

「聽著，因法杜斯，容我講個故事。多年前，伊穆圖國王在這個國家被殺害，他的妻子帶著孩子伊格諾希逃亡，是嗎？」烏姆寶帕說道。

「是的。」

「據說這個女人和孩子死在山上，是嗎？」

「確是如此。」

「事實上他們母子兩人並沒有死，他們穿過高山，遇到一群遊牧的沙漠民族，於是被帶離遠方沙漠，最後到達一處有著泉水與花草樹木的地方。」

「你怎麼知道這些？」

「他們繼續走著，最後到達名爲阿瑪祖魯族人的居住地。阿瑪祖魯人的祖先有著庫庫安納血統，憑著戰爭維生。母子倆與他們共同生活多年，最後母親去世，兒子伊格諾希成爲流浪者，最後他流浪到白人的地方，開始學習白人擁有的知識。」

「眞是一個奇妙的故事。」因法杜斯滿是懷疑地說道。

「他一直待在那裡生活多年，當過僕人與士兵，但是心中永遠記得母親曾經述說過的家鄉的故事，因此他總是想在生命結束前回到家鄉看看他的人民和父親的宮殿。就這樣等了好久，直到遇見一群想要尋找這片未知土地的白人，於是加入了他們的行列。爲了尋找一名失蹤人口，白人開始動身。他們穿越烈火般的沙漠，爬過冰雪覆蓋的山峰，最後踏上庫庫安納國的土地，在這裡，他們認識了你，敬愛的因法杜斯。」

「你說出這些話，八成是瘋了。」這個老士兵驚語。

「你可以這樣認爲，但是你看看，尊敬的叔叔。」

「我是伊格諾希，庫庫安納國眞正的國王！」

烏姆寶帕解開腰間的短圍裙，赤裸地站在因法杜斯面前。

「瞧，這是什麼？」他指著腰間的一個巨大蛇形標記，蛇頭呑進了蛇尾。

因法杜斯一看，眼睛幾乎凸了出來，然後跪倒在地。

「庫姆！庫姆！」他喊道，「你是我哥哥的兒子，你是國王。」

「我沒有告訴過你嗎，叔叔？快起來，我還不是國王，但是有你在，加上我的朋友們、這些勇敢的白人的幫助，我會成爲國王。女巫卡古爾是對的，這片土地會血流成河，她也會因此而流血，因爲她以預言殺死我的父親，趕走我的母親。因法杜斯，現在做個選擇吧。」

「你願意把手交給我，成爲我的人嗎？你願意與我共同分擔即將來臨的危險，幫助我推翻暴君和謀殺者嗎？你願不願意？做個選擇吧！」

老人摸著腦袋想了一下，然後站起來走向烏姆寶帕，或該稱他爲伊格諾希，跪在他的面前，握起他的手。

「伊格諾希，你是眞正的庫庫安納國王，我願成爲你的人。你還是嬰兒時，我曾把你放在膝上逗你玩耍，現在我老了，依然願意爲你和自由奮鬥。」

「好極了，因法杜斯，如果我得到勝利，你就會居於一人之下萬人之上的地位。如果我不幸失敗，你只有死路一條，死亡隨時都在你的身邊。起來吧，叔叔。」

「還有你們，你們願意幫助我嗎？我會提供你們一切！如果我勝利了，我能找到閃亮的石頭！你們願意拿多少就拿多少，意下如何？」

我翻譯了這些話。

亨利爵士答道，「告訴他，他恐怕誤解英國人了。財富雖然迷人，如果按照我們的方式取得，當然欣然接受，但是紳士不會爲了財富出賣自己。我一向喜歡烏姆寶帕，就我而言，我會支援他。我願意與那殘暴的特瓦拉一鬥，你看如何，古德？還有你，誇特曼？」

「嗯，說得誇張一些，這裡的人看來都很驕縱，就我而言，我唯一的要求是讓我穿上褲子。」古德說道。

我把這些話翻譯給烏姆寶帕聽。

「很好，我的朋友，」伊格諾希，也就是往日的烏姆寶帕說道，「馬楚馬乍恩，你呢？你也支持我嗎？」

我想了一下。

「烏姆寶帕，或者伊格諾希，我不喜歡革命，我是喜愛和平的人，甚至還有點膽子小，」說到這兒，烏姆寶帕笑了，「但我支持我的朋友伊格諾希，因爲你讓我們留下深刻的印象。但你也得明白，我是個生意人，不得不慮及生活，所以我接受你開出的條件，有了鑽石，可以大大地改善地位和生活。另外，你知道我們來這是爲了尋找因楚布（即亨利爵士）失蹤的弟弟，你必須協助我們找到他。」

「會的，」伊格諾希答道，「等等，因法杜斯，你已看到我腰際的蛇形標誌，據實以報，就你所知，曾有白人踏上這片土地嗎？」

「沒有，尊貴的伊格諾希。」

「如果有人看見或聽說任何白人的消息，你會知道嗎？」

「我肯定會知道。」

「聽到了嗎，」伊格諾希對亨利爵士說道，「他沒有到過這兒。」

「嗯，」亨利爵士嘆氣，「好吧，我猜他從來不曾到達這麼遠的地方。我可憐的弟弟，毫無一絲消息，上帝原諒。」

「現在談點正事吧，」我急於擺脫這個哀傷的話題，於是插話說道，「成爲一個國王固然很好，但是，伊格諾希，你打算如何成爲眞正的國王？」

「我也不知道，因法杜斯，你有任何計畫嗎？」

「伊格諾希，」老人答道，「今晚有場盛大舞會和巫師大搜捕活動，很多人都會遭到查辦殺死，因此許多人都會感到傷痛，並加深對特瓦拉國王的怨恨。舞會結束後，我會逐一與那些悲痛的人談話，倘若我勸服他們，也就代表勸服了軍團。我會逐漸帶出話題，確定你是眞正的國王。相信明天黎明時刻，將有兩萬名士兵供你差遣。現在我必須離開，仔細思考，並且再做籌備。舞會結束後，若是我還活著，若是我們都還活著，我會再到這裡與你詳談，頂多再發動一場戰爭。」

這時，國王派來的信差打斷我們的討論。一會兒，三個人進屋，人手一件閃亮的護胸甲，以及一把華麗戰斧。

「這是國王送給從星星來的白人的禮物。」一位傳令官說道。

「謝謝國王，回去吧。」我答道。

這些人走後，我們興致高昂地查看護胸甲，手工十分精緻。

「這是你們國家製造的嗎，因法杜斯？眞是漂亮極了。」我問道。

「不，我的主，這是祖先流傳下來的，不知工匠是誰，傳下來的件數不多。除了皇室成員，其他人沒有資格穿上。這些衣服具有魔法，長矛無法刺穿，戰鬥時可以發揮完整的防禦能力。國王不是龍心大悅，就是心生害怕，否則絕不會把護胸甲做爲禮物。今晚就穿上它們吧，我的主。」

太陽西落了，空地上燃起了千堆營火。軍隊穿過指定位置籌備盛大宴會，人群的腳步聲和千百隻長矛的撞擊聲在黑暗中響起。接著，圓月升起，綻發迷人的光芒。我們站在那裡欣賞月光時，因法杜斯穿著戰衣，帶著二十名士兵，迎接我們進入宴會現場。我們穿著國王送的護胸甲，上面套上平常穿的衣服。讓人大感驚奇的是，護胸甲不重也沒有不舒適感。這些鐵襯衫顯然是爲那些身材高大的人量身訂作，我和古德穿起來很鬆垮，不過，穿在亨利爵士的健美的身上，就像戴上手套一樣合適。然後，我們把左輪手槍繫在腰際，拿著國王送的戰斧和盔甲出發。

到達那日國王召見我們的大廣場時，兩萬人的軍團將這裡擠得水洩不通。軍團依次分隊，每隊中間留出通道供巫師搜捕者來回走動。那些人數眾多、井然有序的軍隊屹立在那兒，月光灑在長矛叢林裡、壯碩的身軀、飄揚的羽毛、色彩繽紛的盾牌上，形成和諧的基調。處處盡是一行一行、聞風不動的面孔和閃亮的長矛。

「你肯定所有的隊伍都在這兒嗎？」我對因法杜斯說道。

「不，馬楚馬乍恩，這裡只有三分之一。每年有三分之一的軍隊會來這裡參加舞會，另外三分之一集合在外面，用作鎮壓在屠殺時衍生的暴亂，四週的魯歐前哨仍有一萬人的軍隊，其餘軍隊留守各個村莊。你看，這個民族確實人數眾多。」他說道。

「他們都很安靜。」古德說道。的確，聚集這麼多的人卻能這麼安靜，實在令人咋舌。

「看來我們是在援助一場不惜一切代價的角力演出。」我對其他人說道。

亨利爵士打起冷顫，古德希望我們能夠退出。

「告訴我，我們有危險嗎？」我問因法杜斯。

「我不知道，我的主，我不希望你們有危險，不過似乎用不著害怕。如果你們活過今晚，一切可能漸入佳境。那些士兵都對國王有所怨言。」

此時，我們已經健步走到空地中央，上面擺放著幾張凳子。我們到達後，另外一小隊人馬正從王室方向走來。

「那是特瓦拉國王、斯克拉卡、女巫卡古爾。瞧，那些劊子手正與他們同行。」因法杜斯指著一隊十二名身材巨大、長相兇殘的人，他們雙手各拿著長矛與沉重的棍棒。

國王坐上中央的凳子，卡古爾蹲在他的腳旁，其他人則站在國王身後。

「你好，白色的主們，」特瓦拉喊著，「上座吧，別浪費寶貴時間，我們還有很多事情要做，今晚的時間很短，必須好好把握。你們來得正好，即將看到一場盛大表演。看看四周，白色的主們，仔細看看，」他那邪惡的獨眼打量著每支隊伍。「你們在星星上看過這樣的場面嗎？看看那些心裡有鬼、恐懼上天審判的人如何顫抖著。」

「開始！開始！」卡古爾刺耳地大喊，「獵犬餓了，等著進食。開始！開始！」

接下來又是一片寂靜，這是恐怖來臨前的徵兆。

國王舉起長矛，兩萬士兵突然抬起腳，猛然踩地。如此重複三次，大地開始顫抖了。遠方傳來一個人的悲歌，唱著：

「女人生的男人的命運會是如何？」

龐大隊伍裡，每名士兵回答著：

「死亡！」

漸漸地，隊伍逐一唱了起來，最後全體隊伍一起唱和。我不懂歌詞，只能感覺士兵們展現了人類的激情、恐懼與快樂。時而像是溫柔細膩的情歌，時而像是肅穆澎湃的戰歌，最後像是一首悲淒哀愁的輓歌。最後，一記悲傷至極的哀嚎迴盪在空中，讓人不禁毛骨悚然，隨即悄然停止。

場上再度恢復寂靜，國王舉手再次打破寂靜。一會兒，輕快的腳步聲傳來，一群奇怪而可怕的人走出隊伍，跑向我們。直到眼前，我們這才發現他們是女人，共有十名，大都上了年紀，頭髮灰白，身後飄著一串小魚鰾，做爲裝飾。她們的臉上塗得黃黃白白，背上掛著蛇皮，腰際懸著一小圈人骨，每隻乾枯的手握著一支叉戟。她們來到我們面前停下，其中一個用手杖指著蜷縮的卡古爾，喊道：「媽媽，老媽媽，我們來了。」

「好！好！好！」邪惡的人回答道，「伊薩努希（女巫），你們的眼睛在黑暗之中敏銳嗎？」

「媽媽，非常敏銳。」

「好！好！好！你們的耳朵張開了嗎，伊薩努希，聽見我說的話了嗎？」

「媽媽，張開了，聽到了。」

「好！好！好！伊薩努希，你們的知覺清醒嗎？你們能聞得到血的氣味嗎？你們能清除反對國王的惡勢力嗎？你們準備好爲『上天』伸張正義了嗎？誰是我教出來的？誰吃了我的智慧、喝了我的魔水？」

「媽媽，我們可以。」

「那就去吧！別停，你們這些貪婪的傢伙，瞧那些劊子手，」她指著後面那些不祥的劊子手，「磨尖長矛，遠方來的白人等著看，快去吧！」

一聲狂叫後，卡古爾手下那些怪人就像炮彈碎片隨處四散，直奔人群，跑起來時，腰際的枯骨卡嗒卡嗒作響。我們無法看清所有人，於是盯著離我們最近的一個伊薩努希。這個女巫走到距離士兵幾步遠時，便停下來，開始瘋狂舞動，以不可置信的速度轉圈，並發出各種尖叫聲，例如「我聞到他了，邪惡的人！」、「他就在附近，他毒死了母親！」、「我聽到了他對國王產生邪惡的念頭！」。

她跳得越來越快，口中吐出白沫，眼珠似乎就要掉出來，肌肉不停地顫抖著。突然她停了下來，全身彷彿僵硬似地，像是獵犬嗅到了獵物，伸出手杖，開始悄悄地爬向眼前的士兵。她往前走著，士兵們全都噤聲退後。我們卻像著魔一樣隨著她而移動視線。她仍像獵犬一樣蜷縮著向前爬，接著到了他們面前。然後，她停下來指了一指，再度向前爬了幾步。

突然就結束了。隨著一記尖叫聲，她跳起來並用叉戟點住一名高個兒。在他身旁左右的同伴馬上抓住這個不幸的人，帶到國王面前。

他並沒有反抗，四肢癱瘓似地被人拖著，像是剛死去的亡者，手指變得軟弱無力，手中長矛匡啷一聲掉在地上。

兩個惡毒的劊子手朝他走去，停在他的面前，然後轉向國王，等待國王下令。

「殺！」國王命令道。

「殺！」卡古爾尖叫道。

「殺！」斯克拉卡乾笑一聲，做爲回應。

此話一出，可怕的任務告終。長矛刺進了他的心臟，爲了確保萬一，再用棍棒砸向腦袋。

「一個，」特瓦拉國王數著，屍體被拖出幾步遠外，扔在那裡。

這個殺完，另外一個可憐的受害者又被帶上來，像牛一樣遭到屠殺。這次是個穿著豹皮斗篷的小首領。恐怖的命令再度下達，受害者應聲倒地。

「兩個，」國王數道。

這場殘忍的活動仍然繼續著，直到約有一百具屍體成排放在我們身後。我聽過凱撒的角鬥表演和西班牙的鬥牛表演，全都不如庫庫安納的巫師大搜捕來得駭人聽聞。

我曾經試圖提出抗議，但遭到特瓦拉嚴厲制止。

「依照常規進行執法，白人。這些畜生是術士，是惡人，他們該死。」這是他唯一的答案。

約莫十點半，屠殺暫停。巫師搜捕者聚集在一起，顯然對於血腥的工作感到疲憊。我們以爲這場表演結束了，但是並沒有。不一會兒，老女人卡古爾站了起來，拄著手杖，蹣跚地走到空地。這個老怪物的行徑看來相當詭異，最後敏捷地衝向倒楣的人。她來回跑著，喃喃自語地唱著，瞬間衝到一個高個兒前面，用手指著他。隊伍裡傳出一陣嘆息，這人是他們的將領。兩名同伴仍然將他抓住，前往接受處決。後來我們才知道他是個富有、有身份及地位不凡的人，也是國王的堂兄弟。

他被殺害之後，國王數到一百零三。卡古爾繼續來回走著，然後離我們越來越近。看到身子搖晃不停的老怪物離我們越來越近時，我的心涼到極點。看看身後成堆的屍體，我不禁打起冷顫。

卡古爾越來越逼近我們，尋找著下一個受害者。她那可怕的雙眼露出邪惡的光芒。越來越近了，每個人都異常焦慮地注視著她。最後，她站住，指出手來。

「你指誰？」亨利爵士對她說道。

不一會兒，所有疑問都有了答案，女巫衝過去一手攫住烏姆寶帕的肩膀。

「我找到他了，」她尖叫著，「殺了他，殺了他，他是惡魔。殺了他，流血之前殺了這個陌生人。尊貴的國王，殺了他。」趁著她停頓時，我立刻抓住機會。

「尊貴的國王，」我站起說話，「這人是客人的僕人，是我們的狗，讓我們的狗流血等於讓我們流血。依照待客的神聖法則，我宣佈提出保護。」

「卡古爾已經嗅出來了，他必須死，白人。」他惱怒地回答。

「不，他不能死，誰敢碰他，就得死。」我答道。

「抓住他！」特瓦拉向劊子手咆哮著。那些殺紅了眼的劊子手就站在旁邊。

·卡古爾一步步接近，她的目標正是伊格諾希。

他們走向我們，卻又顯得猶豫。伊格諾希則緊抓著長矛高舉，打算決一死戰。

「你們這群畜生，站到後面去！」我大喊，「如果你們想要看到明天的太陽，就站到後面去。你們膽敢碰他一根頭髮，你們的國王就得死。」我用左輪手槍對準特瓦拉。亨利爵士和古德也拿出手槍，亨利爵士指向正準備執行命令的劊子手頭兒，古德則故意瞄準卡古爾。

特拉瓦察覺到魔管指向他的胸膛，開始退縮。

「嗯，特瓦拉，怎麼樣？」我說道。

然後他開口答腔了。

「拿開你的魔管，你以待客之名請我饒恕，就憑這個原因，而不是對你產生恐懼，我可以法外開恩，饒他一命，讓他平安離開。」

「很好，」我不在乎地答道，「我們對於屠殺活動感到厭倦，想要休息了，一切結束了嗎？」

「結束了，」特瓦拉垮著一張臉，指出成堆屍體說道，「把這些死狗拿去餵獵犬和禿鷹。」然後，舉起長矛。

軍隊開始列隊安靜地走出校場，剩下一些清理屍體的雜役。

我們也起身向不願紆尊降貴的國王道別。

我們回到小屋坐下，先點上一盞庫庫安納人的油燈，燈芯以一種棕櫚樹葉纖維製成，燈油是清透的河馬油脂。亨利爵士說道，「喔，我想嘔吐，我很少有這種感覺。」

「或許我曾經對於幫助烏姆寶帕反抗那個惡魔這件事感到懷疑，但是現在這些疑慮全都不見了。我在屠殺進行時，盡量閉上眼睛，靜靜地坐著，但我的眼睛總是在不該睜開的時候睜開了。我想知道因法杜斯在哪兒。烏姆寶帕，我的朋友，你該謝謝我們，你險些被刺出洞來。」古德說道。

「布格萬，非常感激，」烏姆寶帕答道，「我永遠不會忘記。至於因法杜斯，他不久就會來到這裡，耐心等待吧。」我翻譯了他的話。

於是，我們抽起菸，等待因法杜斯的到來。

第十一章　通靈

我們一直靜靜地坐在那裡，約莫兩小時之久，仍未擺脫一幕幕殘暴血腥的畫面，大夥不知該說些什麼。最後，天快亮了，外面一片寂靜，正準備休息時，我們聽到一陣腳步聲，緊接著傳來哨兵查問口令的聲音，聽不到是什麼口令，不過，顯然是對了。過了不久，我們聽見腳步聲，因法杜斯走進小屋，後面跟著六個儀表不凡的首領。

「我的主，」他指著那些首領說道，「我前來履行諾言了。我的主們、庫庫安納正統國王伊格諾希，我帶來了這些人。他們是我們軍中的大人物，每人統領三千名士兵，地位僅次於國王。我把所知全部告訴他們了，讓他們看看你腰上的神聖蛇形標記，聽聽你的故事吧，這樣他們才能決定是否與你站在同一陣線，一起反抗特瓦拉國王。」

伊格諾希解開腰帶，露出腰間的蛇紋。首領們一一趨前，在微弱燈光照映下端倪著這個標記，然後不發一語地回到原來的位置。

伊格諾希穿上短圍裙，訴說著過去的經歷，包括隨著母親逃亡，歷盡風霜，最後借機返回庫庫安納國。

「現在你們已經聽到了，首領們，」因法杜斯說道，「你們還有什麼話要說的嗎？你們願不願意支持伊格諾希奪回王位？整個國家民怨四起，血流成河，今晚你們也都看到了，原本我計畫對其他兩位首領提起這事，只不過他們現在身首何處呢？獵犬踩著他們的屍體嚎叫著。若是不反抗，不久之後，你們也會落得相同命運。做個選擇吧，我的弟兄們。」

六人中年紀最大的首領，外貌看來五短身材，白髮蒼蒼，趨前一步說話。

「你說的沒錯，因法杜斯，舉國上下怨聲連連。我的兄弟今晚被殺了，但這是件大事，很難讓人相信。我們怎麼知道是不是爲小偷或騙子賣命呢？沒有人能預料後果。就算是眞的好了，革命必定會血流成河，許多人仍然會支持國王，只要太陽依然發光，人們就會繼續崇拜他，除非太陽不再升起。這些來自星星的白人擁有偉大的魔法，伊格諾希在他們的羽翼之下受到保護，讓我們看到人人可見的徵兆，這麼一來，人民就會支持我們。」

「你們已經看見了他的蛇形標記，」我答道。「我的主，這仍不夠。一個人生下來時就可以紋上蛇形標記，請給我們一個更有說服力的徵兆，否則我們不會採取行動。」

其他人也堅定地表示同意，我則困惑地轉向亨利爵士和古德，讓他們知道這些人的意思。

「我有個主意，」古德高興地說道，「轉告他們，給我們一些思考的時間。」首領們走出屋外，古德打開小藥盒，取出一本筆記本，襯頁附有曆書。「夥伴們，看看這兒，明天不正是六月四日嗎？」他說道。

「我們每天細心地記下日誌，當然很清楚時間。」

「太好了。我們這下有救了，六月四日，格林威治時間八點十五分開始出現月全蝕，南非地方可以看到，這樣就能給他們一個徵兆，顯示我們的法力可以通曉神意、上達天聽。告訴他們，我們明晚要讓月亮變黑。」

果然是個絕妙的好主意，眼前唯獨擔心古德的曆書是否可靠。如果失誤，就會威信盡失，伊格諾希將永遠無法登上庫庫安納國的王位。

「如果曆書是錯誤的，該怎麼辦？」亨利爵士急著問古德。

「毫無理由懷疑這件事情，」他答道，「月蝕向來按期出現，至少這是我對它們的理解，特別是這回可以在南非見到。我已經算好觀測月蝕的準確位置，月蝕應從明晚十點開始，持續至十一點半，約一個半小時，這段時間將進入黑暗世界。」

「我想咱們最好冒險，賭上這一回。」亨利爵士說，

儘管心生懷疑，但我仍然勉強同意，因為很難把握月蝕出現的時機，例如明天或許是陰天，或許我們的日期有些閃失。我請烏姆竇帕喚回首領們。不一會兒，他們再度進屋，我對他們說道：

「庫庫安納的大人物們，以及因法杜斯，聽我說，我們本不喜歡展示法力，因為這將破壞大自然法則，引起世界上的恐懼和混亂。但由於這件事情非同小可，我們看見屠殺，看見伊薩努希卡古爾的作為令人極度惱怒，卡古爾險些將我們的朋友伊格諾希置之於死地。我們決定打破規矩，展現法力，讓所有人看見徵兆。各位，請到這兒來，」我們走到門口，指向渾圓的紅月，「你們看見了什麼？」

「我們看到正要落下的月亮，」他們的代表說道。

「是的，我問你，你相信有人能熄滅正在升起的月亮，讓這片土地的黑夜裝上簾幕嗎？」

聽到這個問題，首領們露出微笑。「沒有人，我的主，沒有人能夠辦到。月亮比人類還要強大，不可能改變它的路線。」

「你們認爲如此，但我告訴你們，明晚午夜前的兩個多小時，我們會讓月亮熄滅一個半小時左右，黑暗即將籠罩地球，這就是伊格諾希身爲庫庫安納國的眞命天子的徵兆。各位對於我們的安排是否感到滿意？」

「是的，我的主，」老首領笑著答道，交頭接耳的同伴也笑了出來，「如果你們能夠辦到，我們一定滿意。」

「當然，我們三人說到做到。因法杜斯，你聽見了嗎？」

「我聽見了，我的主。但是你許下的諾言是一件奇妙的事。」

「我們會做到的，因法杜斯。」

「太好了，我的主。今天日落後兩小時，特瓦拉會邀請您前去觀看少女舞會。舞會開始一小時後，國王的兒子斯克拉卡將殺了國王眼中認爲最美麗的女孩，獻祭沉默的山

神。」他指著所羅門大道盡處的三座奇峰說道，「然後我主就讓月亮暗下，拯救少女的性命，如此一來，人們就會信服。」

老首領微笑著說道，「唉，人們才會眞正信服。」

因法杜斯繼續說著，「距離魯歐兩英里處，有座彎如新月的小山，那是我的軍駐地，這些首領指揮的其他三個軍團也都駐紮在那兒。我們計畫今天上午讓另外兩、三個軍團也都轉移到那兒。如果我的主眞的讓月亮變黑，我會在黑暗之中帶大家出魯歐，走到那裡會很安全，然後可以向特瓦拉國王發動戰爭。」

「好，讓我們休息一會兒，準備施以魔法。」我說道。

因法杜斯站起來向我們舉手行禮後，便和首領們一道離開了。

「朋友們，你們眞能做到嗎？還是落下空話？」伊格諾希說道。

「我們相信我們能做到，烏姆寶帕，不，伊格諾希。」

「太詭異了，若不是因爲你是英國人的緣故，我是不會相信的，不過，英國紳士不會撒謊。如果我們能過這一關，功成之時，我必定會重重答謝你們。」他答道。

「伊格諾希，答應我一件事。」亨利爵士說道。

「我的朋友，不論什麼條件，我都答應，」這個巨人笑著說道，「是什麼？」

「如果你當上國王，廢除我們昨晚目睹的巫師大搜捕。這個國家不應再發生不經審判就無端殺人的事件。」

我替他翻譯，伊格諾希思考了一下，答道：

「黑人和白人的生活方式和思考模式不同，我們將生命看得很輕，但我答應你，只要在我的勢力範圍內，我會阻止這件事，決不再發生巫師大搜捕，也不會不經審判就任意將人處死。」

「一言為定，現在我們休息一會兒吧。」亨利爵士說道。

經過整夜煎熬，我們感到十分疲倦，一躺下床便馬上睡著了，直到上午大約十一點左右，伊格諾希叫醒我們起床梳洗，享用豐盛的早餐。然後我們走出小屋轉幾圈，察看庫庫安納的房屋結構，觀察婦女的生活習慣。

「我希望能夠順利發生月蝕。」亨利爵士說道。

「如果沒有，我們就完了，」我沮喪地答道。

返回小屋，我們吃了晚飯，其餘時間用來梳洗整裝，準備參加舞會。最後，太陽西沉，我們靜候兩小時，準備迎接我們的預言。約莫八點半時，特瓦拉捎來訊息，邀請我們參加即將登場的「少女舞會」。

我們依照因法杜斯的建議，穿上國王送給我們的護胸，帶上步槍和彈藥，以備不時之需。儘管內心懷著恐懼，我們仍然鼓起勇氣動身前往。圍場前的空地情形不同於前晚。士兵列隊處站著一群庫庫安納女孩，穿著不太講究，衣服也僅能做爲遮蔽，每人頭戴花冠，手上各自拿著一片棕櫚葉和白色百合花。特瓦拉國王坐在空地中央，卡古爾則蜷縮在他腳邊，因法杜斯、斯克拉卡和十二名士兵則站在其身後。尙有二十名首領應邀出席，其中幾位曾照過面。

特瓦拉相當鄭重地迎接我們，儘管我看到他的獨眼邪惡地瞪著烏姆寶帕。

「歡迎，來自星星的白人們，」他說，「今天的場面不同於昨晚，比不上昨天來得精采。女人總是令人感到愉悅，沒有女人，我們不可能站在這裡，但是男人更好。女人的吻和軟語呢喃儘管甜美，但是武士舉起長矛撞擊的聲音和男人血液的氣味則是更加誘人！白人，你可願意挑選我們族裡的女人爲妻？如果你願意，可以選出最美的一位，並且擁有她們，要多少有多少。」他停頓下來等待答案。

這對古德似乎充滿著吸引力，他像大多數水手一樣容易動心，而我則已年屆中年，可以較爲理智地預見這種事情可能衍生的痲煩，因爲女人帶來的痲煩總是層出不窮，於是我急忙回答：

「非常感激，尊貴的國王，但是我們白人只跟像我們一樣的白人女孩結婚，你們族裡的女人著實美麗動人，但不適合我們啊！」

國王大笑：「好，在我們這兒有句諺語：『不管是什麼顏色，女人的眼睛總是雪亮澄澈。』或許星星上的習俗並非如此，因爲白人居住的地方，任何事情都有可能。再次歡迎你們應邀前來，也歡迎你的黑人烏姆寶帕，要是卡古爾依照她的方式行動，恐怕現在的你已是一副僵冷的軀體。幸好你也來自星星，免於一難，哈哈！」

「尊貴的國王，我會在你動手殺我之前就把你殺了，」伊格諾希平靜地回答，「在我的軀體僵了之前，你定將率先僵冷而死。」

特瓦拉驚呼跳起，「你說話實在魯莽啊，小子！」他氣得大叫答道，「別太自以爲是了！」

「他是膽大包天，但所說的卻是事實。事實就像一把銳利的長矛，向來總是擊中要害，半點不虛，這是來自星星的消息啊，尊貴的國王。」

特瓦拉怒得目露凶光，但卻不願多說。

「舞會開始，」他大喊命令道。戴花冠的女孩成隊向前躍去，一邊唱著甜美的歌，一邊舞動著纖細的棕櫚葉和白色百合花。女孩們的舞姿輕盈，體態柔軟，嬌豔欲滴，時而不停旋轉，時而模擬戰爭，隨處搖擺，忽前忽後，煞是好看。最後停下，一名年輕貌美的女子出列，掂起腳尖旋轉，身段優美且洋溢著活力，或許任何跳芭蕾舞的女孩看了都將自慚形穢。最後，她筋疲力竭，索性停止舞動歸隊，由另一名少女取代，接續跳著，其後一一上臺。但是不論身段、舞姿、美貌，全都無法媲美第一位女孩。

所有女孩跳完後，國王揚起手。

「你們覺得哪個最美，白人們？」他問道。

「第一個，」我不加思索地說。說完我就後悔了，因爲我想起因法杜斯曾經告誡我們，最美的女孩將被獻祭。

「你和我的眼光一致，她是最美的！但是對她而言，這是不幸，她必得死。」

「對，必須死！」卡古爾叫道，同時迅速地瞥向那名可憐的女孩，女孩仍站在十碼

·女孩們個個嬌豔欲滴，但美麗在這兒是個錯誤。

遠的隊伍裡，從花冠上摘下一朵花，撕下片片花瓣，不覺厄運即將來到。

「爲什麼，尊貴的國王？」我努力抑制內心的憤怒說道，「這位少女舞藝精湛、年輕貌美，我們看得心滿意足，爲什麼卻以死做爲獎賞？」

特瓦拉笑著回答：

「這是我們的習俗，」他指著遠處三座山峰說道，「遠處石像必須得到應得的獻禮。如果今天不獻祭最美的少女，我將會大難臨頭，身家性命不保。於是人民預言：『如果國王不能獻祭舞會上最美的少女，取悅那兒的祖靈，災難就會降臨。』你們瞧，前任治理國家的元首，因爲女人的眼淚而沒有獻祭，結果他落得一身厄運，我則取代了他的位置。一切就此結束！她必須要死！」其後，他轉向士兵，「斯克拉卡，帶她過來，磨利你的長矛，行刑！」

兩個人出列走向女孩，這時她才意識到大難臨頭，大聲尖叫，轉身拔腿就跑。但是壯漢很快地抓住她，她掙扎得聲嘶力竭，滑下兩行淚水，沾濕了衣襟，但她仍被硬是拖到我們面前。

「你叫什麼名字，女孩？什麼！不想回答是嗎？那麼讓國王的兒子馬上動手吧？」

卡古爾叫道。

聽到這番暗示後，斯克拉卡看來比往日更邪惡無比，他趨前舉起長矛，這時我看到古德的手暗自伸向左輪手槍。可憐的少女看著鐵器的光芒雙眼閃爍著淚光，這反而使她稍微鎮定些，停止繼續掙扎，雙手依然緊握著，站在原地不停地顫抖。

「瞧！」斯克拉卡興奮地喊道，「還沒有試過，她倒是已經明白箇中厲害了。」他輕叩長矛的刀刃。

「如果有機會的話，你會爲此付出代價，王八羔子！」古德喃喃說道。

「快報上你的名來，親愛的。說出來，別怕。」卡古爾嘲笑道。

「喔，媽媽，」女孩顫抖地說著，「我叫福樂塔，來自蘇克家。喔，媽媽，爲什麼我得死？我沒有犯錯！」

「冷靜點，」老女巫用著可憎的聲音嘲笑著，「你得接受死亡，實際上是要將你獻給遠方的先人。」她指著遠處的山峰說道：「夜晚沉睡勝於白天操勞，死去總比活著好，你應爲死在王子手下而感到光榮。」

福樂塔痛苦地擰著手，大喊：「太殘忍了！我還年輕啊！卻再也看不到從黑夜升起的太陽，看不到夜晚裡的星星沿著軌道運行，再也不能採擷沾滿露水的花朵，聽不見美妙的潺潺流水，天啊！我究竟做了什麼？竟然遭到這種不幸，我再也看不見父親的小屋，再也不能感受母親的愛吻！天啊！我真是太不幸了！我還沒有得到戀人的擁抱，也還沒有生過孩子！老天啊！你對我實在太殘忍了！」

說著說著，少女再次擰起手來，滿臉淚眼婆娑，抬頭問起無語蒼天，那副絕望的眼神看來楚楚動人，確實是名美人。她的眼神能夠打動任何一個人，除了我們眼前三個蛇蠍心腸的惡魔。

後面的衛兵和首領們流露出憐憫神情；古德則發出憤怒的鼻息聲，似乎想要衝去幫助那名少女。那位不幸的少女似乎也察覺出他的意圖，突然衝到他的面前，雙手緊抱著古德的「美麗白腿」。

「喔，來自星星的白人我父，讓我投靠在你的營帳下吧，讓我受到你那神聖力量的庇蔭吧。讓我擺脫這些殘酷的人，擺脫卡古爾的左右吧！」她大喊道。

「女孩，你放心，我一定會保護你，」古德展露了撒克遜人特有的強健氣勢，大聲說道，「起來吧，好女孩。」說完，他伸手彎腰握住她的小手。

怒氣沖沖的特瓦拉轉身向兒子示意，斯克拉卡於是舉起長矛衝來。

「輪到你了，你在等什麼？」亨利爵士對我說道。

「我在等月蝕，一直盯著月亮，現在只剩半小時，看來沒有月蝕的跡象。」

「你現在必須冒險一試，否則她就會沒命，特瓦拉已經失去耐心了。」

我絕望地看看明月。我想就算是極度充滿熱忱的天文學家也從未如此急切地期待著天文現象，我盡量從容地走到俯地的少女和斯克拉卡伸出的長矛中間。

「國王，手下留情，決不能殺她獻祭，我們無法忍受這種事情發生，快放了這名女孩。」我說。

特瓦拉既驚又怒地從座中站起，首領們與四周圍觀慘劇的少女們傳出低聲驚呼。

「不能殺？你們這些像在獅子洞口狂吠的白狗。不能殺？你們瘋了不成？當心點，免得你的下場也像這隻小雞一樣。你們要怎麼救她或自己？你竟然違逆我的旨意？退下，斯克拉卡，殺了她！衛兵們，逮捕這群人！」

大喝一聲，武裝士兵迅速地從屋後跑出，顯然他們事先藏身在那裡。

亨利爵士、古德、烏姆寶帕和我並行站列，舉起步槍。

「住手！」我大膽地喊道，此刻我已心涼到極點，「住手！我們是來自星星的白人，不能殺。你們膽敢再靠近一步，我們就像熄燈一樣熄滅月亮，因爲我們這些住在月亮上的人能讓黑暗籠罩這片土地。倘若你們不從，就嚐嚐魔法的滋味吧。」

威脅奏效了，人們停了下來，斯克拉卡直勾勾地站在我們面前，動也不動。

「聽到了！聽到了！」卡古爾尖叫道，「聽到這群騙子說他們能像熄燈一樣熄滅月亮。要是他們辦得到，就饒這女孩不死。如果他們辦不到的話，他們就得和這女孩一起陪葬。」

我絕望地望著月亮，內心卻感到無比狂喜和慶幸，因爲曆書上說得沒錯，月球邊緣已經出現淡淡的陰影，漸漸地蒙上一層煙霧的顏色。我鬆了一口氣，感到極度放鬆，或許將來再也不會有如此時這般放鬆的時刻了。

接著，我鄭重地舉手向天，亨利爵士和古德見狀也如法炮製。我盡力地以最感人的口吻背誦了《印戈耳支比家傳故事集》裡的一些句子。亨利爵士跟著背了《舊約全書》裡的一句韻文，古德則讀出《畫王》裡一連串經典的罵人用語。

陰影緩緩地籠罩月球，人群陷入一片恐懼，不停地發出沉重的喘息聲。

「看，尊貴的國王！」我大喊著，「看，卡古爾！看，首領們、男人們、女人們！從星星來的白人實踐了諾言，他們不是信口開河的騙子！」

「月亮會在你們眼前漸漸消失，不久整個月亮都要翻黑。你們要求的徵兆，要求的跡象，現在全都給你們。翻黑吧，月亮！收回你們純潔神聖的光，把那篡位者的心臟扔向塵土，讓陰影吃掉整個世界吧。」

旁觀者全都恐懼地呻吟著，有人嚇得愣住，有人則跪下，痛聲尖叫。國王安靜地坐在那兒，黝黑皮膚卻顯得蒼白。唯獨卡古爾仍神色鎮定，絲毫不察沮喪的神情。

「一切都會過去，我以前常常看到這種景象，沒有人能夠熄滅月亮，不要灰心，安靜地坐著，陰影將會消失。」她喊道。

「等等，你會看到，」我雀躍起來，答道，「月亮！月亮！月亮！爲何如此冷酷無情、變化無常？」這句話出自最近我偶然看到的旅行冒險故事，但是話才說完，我才驚覺辱罵月亮是不恰當的行爲，因爲它對我們十分友善，卻在此時辱罵它，未免顯得太無情了。我繼續補充說道：「堅持下去，古德，我已經記不得更多的詩了，接著罵下去啊，好夥伴！」古德爽快地接下這個艱鉅的任務，一連罵上十分鐘，並且沒有重複。從前不了解海軍軍官罵功廣度、深度和高度，現在我全懂了。

黑環依然不停地爬行，大家盯著天空，陷入奇異的寂靜。邪惡的陰影正蠶食月亮，四處籠罩在死亡般的沉寂裡，就在這寂靜裡，時間不斷地流逝，滿月陷入陰影，巨大而蒼白的球體看來漸爲趨近，慢慢化成銅色，外緣也越見灰白，最後，陷入全蝕。

空氣顯得沉重，一切沉浸在深紅世界。黑環爬行著，我們卻幾乎看不清眼前那幫兇惡的臉孔，觀眾群鴉雀無聲，古德也停止詛咒，全然寂靜。

「月亮快要死了，白人男巫殺了月亮，」斯克拉卡王子突然大喊，「我們都會消失在黑暗裡。」或許是過於恐懼，或許是過於憤怒，或許兩者皆是，他舉起長矛使勁刺向亨利爵士的胸膛。但是，他忘了我們裡頭已經穿上國王送的護胸甲，長矛利刃非但沒有刺傷亨利爵士，反而回彈。一切就在他還來不及再次舉起長矛回擊時，亨利爵士趁機奪去他手裡的長矛回敬他。

斯克拉卡立即倒地身亡。

眼見這般情景，那幫被黑暗所嚇傻的女孩認做這是邪惡的陰影，全數驚慌地尖叫著，拔腿衝向門口，四處竄逃。只不過恐慌並未結束，國王衛兵、首領、瘸了的卡古爾，全都敏捷地跑向屋子。不消片刻，場上只剩下我們自己、福樂塔、因法杜斯，以及前一天夜裡見面的首領們。大家待在斯克拉卡的屍體旁。

「好了，首領們，眼下示出了徵兆，倘若你們感到心滿意足，快去你們說的那個地方。魔法不會立刻停止，至少還會運行一個半小時。」我說道。

「來吧，」因法杜斯說著說著，轉身便要離開，心慌意亂的首領們與我們一同跟隨前往，古德則拉著女孩福樂塔的手走在後頭。

我們到達圍場門口時，月亮已經完全消失，漆黑的天空只剩閃爍著光芒的星辰。

我們於是手拉著手，蹣跚地穿越寂靜黑暗。

第十二章 戰事一觸即發

幸運的我們得到因法杜斯和首領們的幫助，儘管眼前一片漆黑，我們仍然走得順利，沒有遇到險阻或迷路。

一個多小時後，月蝕開始結束，月亮邊緣再度亮起。我們抬頭望月時，剎那間迸出銀光的光芒，高掛在漆黑夜空，彷彿天上燈火般，看來十分有趣。過了五分鐘，星子開始趨暗，我們總算可以看清所處位置。原來我們已經離開了魯歐，正要前往一座方圓兩英里許的大平頂山。這種構造的山脈常見於南非，高度不高，幾乎不達兩百英尺。這座山脈狀如馬蹄，四面陡峭，皆爲巨石。山頂的草地平臺上有個寬敞營地，所駐兵力非凡。平日駐軍一團三千人，我們在月光重返之際爬上陡峭山坡，赫然發現這兒更多駐紮士兵。

最後攀上山頂時，許多人正從睡夢中醒來，眼見剛才的月蝕，全都恐懼得瑟縮顫

抖。我們沉默地穿過人群，走到營地中間的小屋。那裡有兩人身上背負著一些東西等待著，顯然是我們匆匆逃離時未能帶走的衣服及雜物。

「是我派人去把東西取來的，」因法杜斯解釋說道，「還有這個。」說著說著，他舉起古德遺失已久的褲子。

古德驚喜地雀躍，直撲向褲子，立即將它穿上。

「我的主，不該藏住如此美麗的白腿！」因法杜斯遺憾地大聲說道。

但是古德執意如此，庫庫安納人沒有機會可以再次見到美麗的白腿。往後他們只能看到有著半邊蓄鬍、透明眼珠、還能移動牙齒的古德了。

因法杜斯循著美好的回憶打量著古德的褲子，其後，他說已經命令軍隊天一亮就完成集合，他將說明此次首領策動謀反的原因及成功要件，同時介紹王位的合法繼承人，伊格諾希。

日出後，約莫兩萬各精銳部隊聚集空地，我們也到場了。部隊從三面聚集而來，形成密密麻麻的正方形，聲勢浩大。我們正好站在正方形敞開的一面，首領和軍官們全都圍了上來。

等到大家安靜後，因法杜斯開始說話。他像處於上流社會的庫庫安納人一樣，是位天賦異秉的演說家，運用極盡煽情、動人的言語講述著伊格諾希父親的歷史，而他又是如何遭到特瓦拉國王謀殺，妻兒如何受到驅逐，幾近瀕臨餓死的邊緣。他說道，特瓦拉暴虐統治人民，使得人民怨聲載道，從星星來的白人俯視這片土地，深知民間疾苦，因而決定不爲辛勞前來減輕當地人民的磨難，帶來庫庫安納國的眞命天子，伊格諾希，他在流亡之際受盡折磨，卻在精神力量的支持下穿越沙漠高山，最後來到這兒。他們看見特瓦拉的所有惡行，於是透過高明的魔法，向舉棋不定的人民顯示預言，拯救女孩福樂塔的性命，將月亮熄滅，並殺死小魔頭斯克拉卡。人們準備支持白人，支持他們推翻特瓦拉暴政，擁立合法君主伊格諾希登基。

因法杜斯獲得滿堂彩後便結束演說，其後由伊格諾希開始接替說，重申叔父因法杜斯所言，利用以下言論做出強而有力的句點：

「親愛的首領及將士們，你們都已聽到了，現在就在我和他之間做個選擇吧。他竊取了我的王位、殺死了他的兄長，並且企圖在寒夜裡逼迫哥哥的孩子走上絕路。我才是這個國家眞正的國王啊！」他指著那些首領說道，「他們可以告訴你們，因爲他們曾經

·「親愛的首領及將士們，現在在我和特瓦拉間做選擇吧！」伊格諾希說著。

親眼見過我那腰上的蛇紋標記。如果我不是國王的話，這些白人會施用魔法力挺我嗎？行動吧！首領及將士們！他們爲了對抗特瓦拉，一路掩護我安全出城，替這片土地暫時帶來黑暗，這麼一來，我才能站在各位面前。」

「是的，」士兵們答道。

「我是國王，」伊格諾希繼續說道，挺起高大身軀，高舉起戰斧。「如果你們不信服，就挺身站出來決鬥，鮮血將證明一切。來，站出來！」他揮動著巨斧，刀斧在陽光下閃爍著光芒。

伊格諾希眼見沒有人做出回應，於是說道：「我是眞正的國王，你們若是與我並肩作戰，勝利之時，可以共享勝利和榮耀，我會賜給你們牛隻和妻子，統領所有軍隊，倘若你們失敗了，我會與你們共存亡。」

「這是我給你們的承諾，等我繼承王位後，這片土地上就會停止流血事件，不會再有人遭到屠殺，不會再有巫師搜捕者把你們揪出來，不問是非就殺頭。只要不違法，沒有人會遭到處決。大家可以安居樂業，不受侵擾，正義將在這片土地上得以伸張。你們決定好了嗎，首領及將士們？」

「我們決定支持您，尊貴的國王，」眾人齊聲應和。

「好極了，大家回頭瞧，特瓦拉的信差將從魯歐的四面八方出發，調動千軍萬馬追殺我們。明天，或許後天，特瓦拉就會帶領他的手下進攻。屆時，我將看到真心為我效命、不畏死亡的人；告訴你們，我會記得論功行賞。」

大夥沉默了片刻，其中有位首領舉手敬禮，大叫一聲「庫姆」，象徵部隊接受伊格諾希為王，然後各自離去。

半小時後召開軍事會議，全體指揮官出席。顯然不消多久，我們將遭到猛烈攻擊。我們待在山上，處於有利的地勢，可以看見敵軍正在集合，信使正從魯歐四處傳訊，國王正在召集士兵。我們握有兩萬個士兵，由七支精銳軍隊組成。因法杜斯和首領們估計特瓦拉在魯歐至少集結三萬至三萬五千人不等，次日中午，他可以再次調集五千名或更多兵力。大家都知道，特瓦拉為了征服我們，已做足準備，派遣強大軍事武裝部隊在山下密集巡邏，種種跡象顯示特瓦拉隨時展開進攻行動。

然而因法杜斯和首領們卻認為對方不會選在今天進攻，他們正努力消除月蝕現象為人心帶來的負面效應。他們判斷對方可能在明天發動攻勢。

這段期間，我們開始著手防禦工事，調動全員加強要塞，經過一天辛苦勞動後，我們正要趁著日落前坐下歇息之際，一隊人正從魯歐方向走來，居首隊伍的人手裡拿著棕櫚葉，想必是名使者。

對方越走越近，伊格諾希、我們幾人，以及幾名首領下山迎接。這人生得相貌堂堂，身披豹皮斗蓬。

「你好！」他大喊著，「國王問候發動邪惡戰爭的反對勢力，雄獅問候腳跟旁狂吼嘶鳴的豺狼。」

「直說了吧，」我說道。

「這是國王的話，快趁災難尚未降臨在你們頭上前，請求饒恕吧。」

「特瓦拉的條件是什麼？」我好奇地問道。

「他開出仁慈的條件，不愧是位偉大的國王，偉大的獨眼國王，坐擁千名妻室的夫婿、庫庫安納人民的主、所羅門大道的守衛者、遠處沉默山神的愛戴者、一跺腳則天搖地動的巨象、爲壞人所畏懼的英雄、腳踩炙熱沙漠的鴕鳥、偉人、世代相傳的王者，他要我向你們傳達：『我會饒恕你們，不會犧牲太多人，從十人之中殺死一人，其他人可以獲得自由，但是殺死我兒斯克拉卡的白人因楚布、企圖奪取我王位的黑僕、意圖謀反的兄弟因法杜斯，都得痛苦至死，獻祭給沉默的神。』這是特瓦拉的恩典。」

協同其他夥伴共商之後，我故意拉大嗓門回應，好讓士兵們都能聽見：

「你這個狗奴才，滾回去告訴你的主子，庫庫安納的正牌國王伊格諾希、能讓月亮熄滅的智慧白人因楚布、布格萬、馬楚馬乍恩，皇室成員因法杜斯，首領、將士以及聚集在這兒的所有子民們答道：『我們絕不投降，太陽落下兩次時，特瓦拉的屍體會在他的門口變僵，父親被特瓦拉殺死的伊格諾希會取代他成爲國王。』現在滾吧，在我們鞭打你前，你千萬得小心。」

使者大笑，「別說大話嚇唬人了，」他大聲叫道，「你們這些讓月亮變黑的人啊，乾脆趁那些烏鴉尚且沒能叼起你們的骨頭之前打打看，高興地去吧。」極盡一番嘲諷之後，使者轉身離去，太陽旋即下山。

那天晚上異常忙碌，我們全都疲倦得很，數千名沉睡的士兵，月光照耀在長矛上、士兵的臉上，看來是那麼的陰森駭人。夜裡寒風吹著士兵們頂上高聳的羽毛，橫豎躺著，或爲伸展，或爲蜷曲，堅強健壯的外貌卻在月光下顯得怪異，不大像是活人。

「你認為明日此時還有多少人活著？」亨利爵士問道。

我搖著頭，再次注視著沉睡的士兵們。我在心裡默默選出注定喪命的人，剎那間心中產生對於人類生命的強烈神祕感，人生的無謂與哀傷湧上心頭，一陣苦楚襲來。所有關於自然的反思穿越我的腦海，隨著年紀增長，我只能遺憾地說，使人憎恨的思想習慣正左右著我。

「科蒂斯，我正處於可悲的恐懼裡。」我說道。

亨利爵士撚著黃鬍子，笑著答道：

「我曾聽你說過這話，誇特曼。」

「我是說現在，你知道的，我懷疑我們是否有人可以活到明晚。我們會遭到猛烈攻擊，若要守住陣營，絕對要憑運氣了。」

「無論如何，我們都要給他們一些顏色瞧瞧。誇特曼，這件事讓人很討厭，嚴格說來，我們不應淌進這池渾水，現在面臨進退兩難的局面，只有盡力而為。我寧可戰死，也不願選擇其他方式。無論如何，戰爭非常殘酷，我們要保住聲譽，必得在最危急的時刻現身。」

他滿腔哀淒地說完，眼中卻閃爍著光芒。我想，亨利爵士實際上熱愛打仗。

後來，我們睡了兩小時。

黎明乍起，因法杜斯偵察到魯歐出現大動作，國王散兵正朝我方陣營進攻。

我們爬起，穿上護胸甲，亨利爵士穿起來就像當地的勇士。「身在庫庫安納，就得入境隨俗，」他將閃亮的鐵衣穿上胸膛時這麼說著，行頭看來合適不過。他要求因法杜斯給他一套當地的軍服。指揮官的豹皮斗篷，額上豎起黑色鴕鳥羽毛，腰際圍上漂亮的白色牛尾短圍裙，腳踩淺色套鞋，山羊毛腿飾，配帶犀牛角柄的巨大戰斧，圓鐵裹上白色牛皮的盾牌，定量飛刀，這就是亨利爵士的全副武裝。這些行頭向來只有高級將領才能穿戴。此外，加上一把左輪手槍。這副裝扮像是個野蠻的人，但我不得不說，亨利爵士的這套裝扮再好不過，完全展現了健美體態。不久，伊格諾希也來了，穿著相同裝扮。我兀自心想，實在從未看過這麼出色的兩名勇士。

盔甲並不適合我和古德。一開始，古德堅持穿上剛找到的褲子，身材五短，戴著一隻眼鏡，刮去半臉鬍子，護胸甲裡加上一條破舊的燈芯絨褲，與其說看來使人難忘，不如說引人側目。對我而言，鐵衫太大了，於是我將它穿在衣服外面，卻顯得有點臃腫，索性扔掉褲子，只穿上生皮短靴上陣，緊急時可以迅速展開撤退。盔甲、長矛、用途不明的盾牌、兩把飛刀、一支左輪手槍、一枚碩大羽毛，爲求收到神情殘酷的效果，我將羽毛別在獵帽上，這是我的全部裝備。除了這些，我們全都帶有步槍，不過，彈藥已經所剩無幾。衝鋒起來，可能沒有太大用處，我們差人扛著槍跟在後頭。

裝備整頓好後，我們迅速吃點東西，然後出外探查局勢。山頂平地堆著一堆狀似小山的褐色岩石，可充做爲指揮台兼指揮塔。因法杜斯坐擁自己軍隊中央，那支灰軍顯然是庫庫安納的一等精銳軍隊，與我們先前在遠方村落看到的是同一支軍隊。這支軍隊約有三千五百人，正處於備戰狀態，全隊埋伏在草叢裡，觀望國王軍隊彷彿螞蟻般地爬出魯歐。這支縱隊爲數眾多，排成三隊，每隊至少有一萬一千人至一萬兩千人。

他們一離開城鎭，便馬上整隊，分成三軍前進。各向左、右、我方逼近。

「啊，對方打算從三方攻擊我方。」因法杜斯說道。

這消息聽來十分糟糕，由於我們處於山頂，方圓達一英里，相對集中縮小防禦範圍則顯得極爲重要。但是因爲無法判斷敵人進攻方向，只得充分利用地勢。我們隨即命令各個軍隊準備分頭展開攻擊。

第十三章　進攻

三支縱隊緩慢逼近。距離我們五百碼遠時，主隊在開闊平原上山入口處停住，另兩支隊伍則包圍了我們的陣地，山勢猶如馬掌，兩點伸向魯歐，敵方採取三路同時進攻。

古德凝視著下方的密集方陣部隊說，「喔，我會在二十分鐘內肅清平原。」

「我們還沒解決掉任何一個呢！現在想來無濟於事，誇特曼，你試著開一槍如何，看看能否接近那個看來像是指揮官的高個兒，你在十碼之內是不會失手的啊。」

於是我裝上子彈，等待那人走出十碼，以便更能看清位置，眼下只有一名勤務兵陪同在他的左右，隨後我趴下將快槍靠在岩石堆上瞄準。那支步槍就像所有快槍一樣，射程僅約三百五十碼。考慮彈道落點，我瞄準他的脖子下半部，估計應能擊中他的胸部。他靜止在那裡，這是個大好機會，殊不知是由於過度興奮，還是由於風向的緣故，或是射程太遠，我也分不清了，最終事情還是發生了。我以爲自己已經瞄準，於是扣下扳機

，一陣煙消雲散之後，那人竟依然完好站在那裡，左側至少距離三步之遠的勤務兵卻仰躺在地身亡。眼裡瞄準的那名指揮官迅速轉身，驚恐地奔向他的部隊。

「好啊！誇特曼！」古德大聲吆喝道，「你已經把他嚇跑了」。

這讓我非常惱怒，因爲這是可以避免的，我厭惡自己失手。當一個人只能在某一方面拿手時，他便樂於在此保持名聲。失敗的情緒稍稍釋懷後，我再度犯下魯莽的行徑：迅速瞄準奔跑中的指揮官，鳴槍。那人仰起手來，向前撲倒。這回我沒有失手。

我們軍隊見識了白人的魔法後，熱烈地大聲歡呼，他們認爲這是勝利的預兆，而那指揮官的隊伍，開始潰退。亨利爵士和古德也舉起步槍開火，古德則用溫徹斯特連發步槍朝他前方密集的人群使勁掃射，我也鳴上幾槍。

我們才剛停止射擊，遠處左右兩方各傳來不祥的衝殺聲，另外兩路人馬向我們發動進攻。

聽到敵方衝殺的聲音，我們前方人群衝開，向山坡上空曠草地緩步前近，一邊前進，一邊哼著語調低沉的曲子。只要他們靠近，我們便持續而規律地鳴槍，伊格諾希也偶爾鳴槍解決幾個人，但是面對武裝洶湧的人潮，如同朝激流丟出幾顆石子一樣，起不了太大作用。

他們吶喊著撲上前來，矛尖碰撞發出聲響，已經到達山下的岩間前哨，之後，前進速度減緩。儘管現在我們在那兒並沒有遇到太多障礙，但進攻部隊若要爬上山，則需要慢慢行進以節省力氣，我們的第一道防線設在半山腰，向上五十碼處設有第二道防線，而第三道防線設在平原邊緣。

他們邊走邊喊，「特瓦拉！特瓦拉！殺啊！殺啊！」「伊格諾希！伊格諾希！殺啊！殺啊！」我們的人回應。兩方現在距離很近，戰事一觸即發。

雙方交戰，屍體猶如秋風掃落葉般，越疊越厚，不久之後，進攻部隊的優勢鮮明，我們的第一道防線逐漸被擊退，進入第二道防線，戰事十分激烈，但我們的士兵再次衝上，在戰鬥二十分鐘後，加入第三道防線。

現在進攻的敵人已經筋疲力盡，若是想要突破我們以長矛築成的堅固防線則顯得力不從心。雙方士兵繼續在激烈戰鬥中反覆進退，結局尚未明朗。亨利爵士注視著這場生死戰，二話不說便衝進戰場，古德也跟進投入戰火，而我則留在原地。

士兵們眼見投入戰鬥的魁梧身軀，大聲叫喊，「大象來了！殺啊！」

打從那時開始，情況越見明朗，無畏的戰鬥迫使敵人一步步地退向山邊，最後潰不成軍，便在此時，傳來捷報，右側攻勢已遭擊退，我正慶幸眼前的戰鬥即將結束，卻在此時讓我們感到驚恐，右側防線正穿過平原朝我們趨近而來，大量敵軍卻追擊在後，顯然那裡的敵軍取得優勢。

身旁的伊格諾希看了戰局，旋即下了一道命令，四周的預備隊（灰軍）立即散開，擺出陣仗。

伊格諾希再度下令，首領們收到並重複確認。瞬間，我感到極為反感，因為自己捲入一場對進犯者的猛烈攻勢之中。一、兩分鐘後，我們穿過那些逃跑的人群，他們立刻在我們身後重新組隊。隨後，我自己也不知道發生了什麼事情，我只記得矛盾相撞的隆隆聲，一個暴徒的巨大身影持著沾滿鮮血的長矛直向我奔來，我現在可以自豪地說，當時我隨機應變，當那個可怕的身影撲來時，我靈敏地朝他面前一滾，那人猛然向我彎身，沒能等他挺起身來，我便從背後用左輪手槍朝他開出一槍。

不久，有人將我擊倒，也就記不得衝鋒的事了。

醒來後，我發現自己回到了山上，古德正弓身用葫蘆裡的水餵我。

·戰爭一波一波打來，攻守均陷入苦戰。

「老夥伴，你覺得怎樣？」他神情堪憂地問道。

我坐起來，晃著頭，答道，「很好，謝謝你。」

「謝天謝地，當我看見你被抬進來時，我頭暈了，還以爲你被解決了呢！」

「夥伴，現在不會了，我只是腦袋挨了一記，這讓我忘了時間。結果如何？」

「敵軍屢屢遭到擊退，傷亡慘重，我們死傷了兩千人，他們肯定死傷三千人。庫庫安納軍隊總是帶著一些獸皮擔架，這些擔架上躺著傷兵，一到就得接受醫生的緊急檢查。每支軍隊配有十名醫生，如果傷不致命，患者將被轉移並受到悉心照顧。若是傷兵的情況無望，接下來將發生十分恐怖的事，一名醫生佯裝檢查，迅速地以利刃割開傷者的動脈，幾分鐘後，傷者毫無痛苦地死去。那天，接二連三地發生這種事，而事實上，負有傷口的多數傷者一律面臨著同樣的結局，因爲庫庫安納人認爲受到大寬長矛刺入的深長傷口無法痊癒。

我們匆匆離開這幅可怕的場景，走向山上較遠彼端，找到亨利爵士，他的手裡仍然握著沾滿鮮血的戰斧，伊格諾希、因法杜斯，協同幾名首領正在研討戰況。

「感謝上帝，誇特曼，你在這兒！我不知道伊格諾希的意圖。儘管我們打退進犯的敵人，特拉瓦現已集結大量援軍，看來有意包圍我們，目的是要餓死我們。」

「那可棘手了。」

「是啊，特別是因法杜斯說飲用水已經用盡。」

「我的主，確是如此，」因法杜斯說道，「泉水無法供應這麼多人，很快將面臨枯竭，不用等到晚上就會斷水了。馬楚馬乍恩，你是聰明的人，你一定從來處見過許多戰爭。告訴我們，眼下該如何是好？特拉瓦已經調集許多精兵替換傷亡士兵，他已經吸取教訓。老鷹不會想要找到做好準備的蒼鷺，而我們的尖嘴已經刺入他的胸部，他不會再度攻擊我們，而我們也受了傷，他會等到我們死去，圍困我們，然後紮營戀戰。」

「聽你的，」我說道。

「馬楚馬乍恩，我們沒有水了，只剩下一點食物，必須在三條路中選出一條，要嘛就像餓獅一樣困死在洞穴中，要嘛努力殺開一條通向北方的血路，要嘛，」說到這兒，他站起指向敵軍，「直接撲向特拉瓦的喉嚨，偉大的勇士因楚布，他今天在戰場上活像一頭野牛，敵兵在他的斧下如同冰雹打在小麥裡一樣紛紛倒下，我親眼目睹因楚布說道：『衝啊』，大象總愛衝鋒陷陣。馬楚馬乍恩像是什麼？他是老謀深算的狐狸，愛從背後襲敵，最後得由伊格諾希國王做出決策，戰爭是國王的權力範圍，現在且讓我們聽聽你們的聲音，尊敬的馬楚馬乍恩，還有這位擁有透明眼睛的人。」

伊格諾希公開放棄自己的權力。我、古德、亨利爵士只得趕緊商討大計，然後簡短發表，意思是：我們遭到圍困，考慮到缺乏飲水問題，最好馬上對特拉瓦發動攻勢。況且眼見特拉瓦大軍壓境，我們士兵的心就像火上肥肉逐漸化焦。部分首領可能改變心意，轉而向特拉瓦講和，甚至洩密出賣我們。

整體看來，這些建議似乎受到認同，我的意見在庫庫安納遇到前所未有的尊重，伊格諾希掌握眞正的決策權，自從人們認他爲合法國王，他便能行使幾近無限的君權，當然包括重要軍事的最後決策，此刻所有目光轉向他。

最後，他沉思了一會兒，說道：「因楚布、馬楚馬乍恩、布格萬，勇敢的白人們，我的朋友們，我的叔叔因法杜斯與各位首領，我已下定決心，今日進攻特瓦拉，這一擊關係到我的命運、我的生命、你們的生命，聽著：我要發動攻擊。你們瞧，這座山彎得像個半弦月，平原像是綠舌般伸進山裡。」

「我們看到了，」我答道。

「好，現是正午，一番苦戰之後，那些人需要補充體力，等太陽稍稍落下時，我的叔叔，你的軍隊再帶一支軍隊下山進入綠色峽地。那時，特拉瓦一定會重重還擊，但那地方狹窄，反擊有限，因此，他們會一一被消滅，特瓦拉軍隊所有目光全盯著這場戰鬥，我的朋友因楚布和你，我的叔叔一同前往，當特瓦拉帶著戰斧在灰軍的第一線兵力發光時，他的心就會開始變得脆弱，我會率領第二路軍隊緊隨在後，就算你們不幸被消滅，仍有一個國王繼續戰鬥，聰明的馬楚馬乍恩和我同行。」

「很好，尊貴的國王，」因法杜斯說道，對於全軍恐怕覆亡顯得安然自若。這些庫庫安納人的確了得，他們履行責任時，全然不畏懼死亡。

「當特瓦拉軍隊的目光全部盯著這場戰鬥時，」伊格諾希接續說道，「瞧，我們所有士兵分成三路，一路從山的右側下去，攻進特瓦拉軍左翼，另一路人從左側下去，攻進特拉瓦軍右翼。當我看到左右兩路準備攻擊特瓦拉時，就會率領其餘人馬直搗特瓦拉大本營，幸運的話，白天之內天下就是我們的了。夜裡策馬越過大山之前，我們就能平安坐在魯歐。現在我們吃喝一點，做好準備，因法杜斯，務必準備好執行計畫，讓我的白人之父布格萬隨同右路人馬下山，他那透明發光的眼睛足以大振士氣。」

這樣一來，訓練有素的庫庫安納軍隊迅速將進攻計畫化爲行動，強而有力地證明庫庫安納軍事系統的完美。一個多小時之內，食物定量分發下去，大家一陣狼吞虎嚥，隨後組成三師，將進攻計畫向指揮官和全軍解釋，準備投入戰場。

古德前來與我和亨利爵士握手致意。

「再見，夥伴們，我們要隨右路人馬出發，所以我過來與你們握手。萬一我們再也無法見面了，你們知道的，」他意味深長地說著。

我們默默地握手。

「這是怪事，」亨利爵士深沉的聲音聽來有些顫抖，「我承認自己從不期望能看見明天的太陽，據我所知，我所跟隨的灰軍爲了出其不意攻下山，尋從側翼包圍特瓦拉，準備血戰到底，唉，就這樣，不論如何，人難免一死！再見，老友。上帝保佑你！希望你能闖過這一關，活著戴上鑽石，倘若眞是如此，可得記住我的忠告。」

古德緊緊地握了握我們的手，轉身離去。因法杜斯將亨利爵士帶到灰軍最前線，我也感到憂愁，道別了伊格諾希，轉而投向第二路進攻部隊。

第十四章　灰軍的最後一役

側翼進攻的兩路軍隊悄然出發，小心翼翼地走在隱蔽處，藉此躲過特瓦拉軍的偵察目光。灰軍和後備軍，也就是野牛軍團，採取行動之前，利用半小時左右在敵軍側翼部署兵力，直搗敵軍胸門，擔任這次戰鬥的主力衝鋒。

這兩支部隊幾乎全爲少壯精兵，灰軍在上午做爲後備軍，做爲防線被衝破後的部份戰鬥兵力，折損很少。野牛軍團則組成左翼第三道防線，由於進攻部隊並未突破第二道防線，因此他們幾乎沒有加入戰鬥。

因法杜斯是位機警謹慎的老將，深知在此殊死戰前夕保持士氣的重要。以詩詞般的言語鼓勵士兵爲榮譽衝鋒陷陣，還有來自星星上的偉大白人勇士並肩作戰，許諾大量牛群做爲獎勵，當伊格諾希的軍隊取得勝利後，所有人都將得到拔擢。

我低頭望著黑羽飄揚的長行隊伍，黑羽下面一張張堅定面孔，哀傷地想著，這些老勇士們，在未來短短一小時不到的光景，都將倒下死去。他們背負的任務，就是待在那道狹窄的綠色地帶與特瓦拉軍交戰，直到戰死，或待兩翼部隊找到猛攻的有利時機。然而，他們卻毫不猶豫，臉上沒有一絲畏懼的神情，他們走向必然的死亡，即將永遠離開神聖太陽，卻仍能毫不顫抖地面對末日。此刻，我不禁將他們的心理狀態和我自己做了一番對比，我從未見過這般忠誠、不計後果的人們。

「看著你們的國王，」因法杜斯指著伊格諾希說道，「爲他戰鬥倒下，這是勇士的職責，面對死亡卻退縮不前或拒絕與敵軍作戰將會永遠受到詛咒，看著你們的國王！首領及將士們，現在向紋蛇致敬，然後出發，因楚布和我將會指出通往特瓦拉軍心臟的道路。」

隨後我們眼前的密集方陣部隊突然傳來連續而低沉的聲音，彷彿來自遙遠大海的低語般，那是六千支矛柄輕扣盾牌的聲音。聲音逐漸擴大，最後隆隆作響，回音猶如落在山峰之間的雷鳴，巨大聲浪迴盪空中。其後，聲音逐漸減弱、消失，回到寂靜，瞬間又響起盛大的敬禮聲。

後來想起，那天的伊格諾希肯定很自豪，因爲就算是羅馬皇帝也絕無「敢死隊」這般禮敬。

伊格諾希舉起戰斧，象徵認可這幅壯觀的禮敬之意，緊接著灰軍列爲三隊，每隊約爲千名戰士，不包括軍官在內。最後一隊走出約五百碼時，伊格諾希站在野牛軍團的最前方，那支軍隊一樣分爲三隊，隨後他下達前進命令，於是出發。

我們到達高地邊緣時，灰軍已經到達距離進入草地山岬的路上。平原上，特瓦拉營外沸沸揚揚，一支支軍隊開始小跑，趁對方出現在魯歐平原前趕到山岬根。

山岬地帶深達三百碼左右，山岬根與最寬處相距不超過三百五十步，頂上幾乎不出九十步，灰軍形成縱隊沿著山坡下達山岬頂，然後化成縱隊，到達寬闊地帶恢復三隊，最後停下。

其後，野牛軍團到達山岬頂，成爲後備軍，距離灰軍約一百碼遠，處在稍高位置，這時我們有空觀察特瓦拉所有兵力部署，顯然盡是爲上午一戰而來的援軍，儘管他們損失不到四千人，仍不能迅速攻來。他們接近山岬根時，開始猶豫起來，因爲他們發現山峽一次只能進入一支軍隊，從山口到山峽只有七十碼左右，而且只能從前方進入，兩側豎立著高聳的石牆，正面有出了名的灰軍把關。庫庫安納軍的驕傲和光榮，形同三名羅馬人面對數千敵人鎮守橋樑。特瓦拉軍拿不定主意，最後停止前進，不願通過那三支嚴陣以待的堅強部隊，就在此刻，一名頭戴傳統鴕羽的高個兒將軍奔來，後面跟著一些首領與傳令兵，那不是別人，正是特瓦拉本人。他下了一道命令，第一支軍隊發出吶喊聲，衝向灰軍。灰軍不動聲色，直到敵軍距離不到四十碼遠時，才發動攻擊。

隨後，眾人突然一哄而起，高舉長矛衝下，兩支軍隊短兵相接，展開一場生死搏鬥，矛盾碰撞聲如雷貫耳，整個平原盡是刀光劍影。激戰人群來回互戳，不用多久，戰事似乎瞬間消退，隨著聲聲緩而長的喘息，灰軍越過敵軍，就像巨浪騰起越過凹陷的山脊。於是，那支軍隊被徹底消滅，灰軍剩下兩支部隊，人馬死去三分之一。

灰軍再度並肩靠攏，靜待下一次的進攻，看見亨利爵士來回指揮著隊伍，這麼看來，他還活著！

戰場上躺著約四千人，死的、瀕死的、負傷的、阻擋去路的，地面全被鮮血染紅。伊格諾希下達命令，很快地被傳達下去，大抵是不許敵軍的傷兵留下任何活口，這道命令被確切執行，如果我們有時間去想的話，這應是一個令人震驚的畫面。

第二支軍隊可從白羽、圍裙、盾牌辨識，向上進攻灰軍剩下的兩千人，灰軍一如往常地不發一語，嚴陣以待，散發不祥的感覺。直到敵軍攻到距離四十碼左右，這才傾巢衝出。再度傳來矛盾相交的聲響，我們望著殘酷的悲劇再度上演。這次時間拖得較久，結局不明，灰軍企圖再次取勝，一時似乎勝算不大，進攻部隊全由壯兵組成，越戰越勇，起初享有絕對優勢的老兵被迫節節敗退，殘殺得異常恐怖，分秒之間倒下數百人，勇士們的吶喊、瀕死之人的呻吟、長矛交接的擦撞聲、不斷傳來低沉吶喊，這是每個勝利者將長矛一次次戳進敵軍體內後拔出的勝利歡呼。

堅忍沉著的英勇氣慨確能創造奇蹟，一名老戰士抵上兩名年輕士兵，局勢立即化爲明朗。就在我們一度以爲灰軍了無生機，等到他們一被消滅便要立即上前頂替時，亨利爵士深沉的嗓音蓋過所有喧囂，他將戰斧高舉揮舞在翎羽之上，局勢有了變化，灰軍停下腳步，宛如磐石，力抗敵軍的狂暴攻擊，沒有撤退的念頭，如今，他們再次開始移動，這回向前移動，沒有火器與硝煙，我們看得十分清楚。過了不久，進攻的局勢漸趨減弱。

「他們是眞正的男子漢，肯定會再次戰勝，」伊格諾希在旁興奮得咬牙切齒。

敵軍彷彿砲口冒出的濃煙般，再度被打得零落不堪。四十分鐘前，三大英勇縱隊，約莫三千多人投入戰場，如今剩下不到六百名渾身沾滿血污的人，其餘倒臥在地，然而，他們仍然歡呼著揮舞著長矛。隨後，他們不同我們預期般地收兵，而是前奔一百碼左右，乘勝追擊敗敵，並佔領一座小山丘後，重新恢復原來的三列隊形。感謝主，我看到亨利爵士站在山頂，顯然沒有受傷，因法杜斯與他在一起。後來，特瓦拉軍滾出死亡地帶，戰鬥再度宣告結束。

看著身後密密麻麻的士兵，剎那間，我想知道自己的表情是否與他們一樣。他們站在那裡，向前伸出盾牌，兩手抽動不已，張著嘴，身上的羽毛充滿了對戰爭的渴望，眼神散發出警犬看見獵物時的光芒。

依照外表來判斷，似乎只有伊格諾希的心如昔地在豹皮下平靜跳動著，儘管他仍咬牙切齒，我卻再也無法忍耐。

「我們要站在這裡直到滅絕來臨嗎？烏姆寶帕，我是說伊格諾希，難不成要等到特瓦拉吞滅我們在那邊的弟兄們嗎？」我問道。

「不，馬楚馬乍恩，瞧，現在正是時候，我們上陣。」他答道。

說時遲那時快，一支新增部隊越過小丘，轉從這裡攻擊。

伊格諾希緊接著舉起戰斧，發出前進訊號，野牛軍團高喊著庫庫安納的戰鬥口號，勢如破竹地衝向陣營。

後來發生的事已經無法再做描述。我僅能記得狂野而有秩序的衝擊，彷彿大地爲之震動，一陣沉重的嘶吼聲，以及穿梭在一片血霧裡的矛刃光影。

誰能描述接下來的戰況呢？大批敵人一次次地衝向我們一時縮小的戰圈，隨後我們一次次地擊退他們。

我想起《英格爾茲比傳奇》裡的完美文字：

堅定不移的長矛軍所向披靡，

彷彿無法穿透的黑木，

戰友每回前進一步，

敵人紛紛倒地。

看到那些勇敢的軍隊前仆後繼地衝殺，令人大嘆了不起。

突然傳來一陣喊叫聲：「特瓦拉，特瓦拉，」躍出人群往前衝的正是巨人般的獨眼國王，手執戰斧和盾牌，身穿護胸甲。

「你在哪裡？因楚布，你這個白人殺了我兒。看你能不能也殺了我！」他喊道，同時飛刀直撲亨利爵士，幸好亨利爵士看到武器襲來，便用盾牌接住，飛刀刺進盾牌，留下一個把柄。隨後一聲吶喊，特瓦拉直撲亨利爵士，使勁地用戰斧砍向他的盾牌，巨大的衝擊力使得亨利爵士健壯如斯也被震得跪倒在地。

此時，他們停了下來，因爲瞬間周圍敵軍傳來一陣驚慌，抬頭一望，總算明白箇中原因。

平原左右兩側飄滿衝鋒戰士的羽飾。我們的側翼軍已經趕來救援，特瓦拉的全部軍力，如同伊格諾希預言的那樣，全力與灰軍與野牛軍團剩餘人馬展開廝殺，這兩支軍隊已經成爲我們的主力，不等敵軍整出防禦隊形，我們的側翼軍早已跳進敵軍側翼。

五分鐘後，大勢底定。特瓦拉軍受到兩面夾擊，加上灰軍和野牛軍團的廝殺，敵軍倉皇潰逃，平原上散佈著四散的逃兵，我們就像從海潮退去而顯露出來的岩石一樣。這又是如何的一幅場景啊！放眼望去，四周佈滿成堆屍體和瀕死之人，勇敢的灰軍僅存九十五人。這支軍隊倒下兩千九百人，其中大部分永遠無法再站起來了。

「戰士們，」因法杜斯平靜地說著，一邊包紮胳膊上的傷口，一邊檢視著倖存的士兵，「你們保住了軍威，今日一戰將被後世傳頌。」接著，他轉身握著亨利爵士的手，直率地說道，「因楚布，你是個了不起的人，我在軍隊多年，見過不少勇士，但我不曾見過像你這樣的人。」

這時，開始朝魯歐出發的野牛軍團行經陣營，伊格諾希派遣信使邀請因法杜斯、亨利爵士和我加入他們的隊伍。他計畫要攻佔魯歐，來個大獲全勝，如果可能的話，活逮特瓦拉。而我們就在不遠處發現坐在蟻丘上的古德身影，挨在身旁的是一名庫庫安納人的屍體。

「他一定受傷了，」亨利爵士焦急地說，此間發生了不幸。那名庫庫安納士兵，也就是看來像是屍體的人，突然躍起將古德打下蟻丘，又用長矛刺他，我們驚恐地衝去，快要跑到古德面前時，那名士兵不停地往倒地的古德身上刺去，古德每挨上一記，四肢便猛然抽慉起來，眼見我們趕去，那名庫庫安納士兵奉給古德致命的一擊，喊著「去死吧，巫師，」然後迅速地拔腿逃走。古德沒有動靜，我們一度以為可憐的夥伴已經命喪黃泉，滿懷悲傷地奔去，趨前一看驚覺他不過是蒼白且虛弱罷了，他的臉上仍然漾著平靜微笑，牢掛著透明眼鏡。

「這件護胸甲多麼完美，」看到我們俯身望他，他喃喃說道，「他一定很失望。」說完，便昏了過去。經過檢查後，發現他在追擊時，腿上中了一記飛刀，傷得很重，但護胸甲救了他一命，當時我們只能把他放在柳條檔板上，一路抬著他同行。

就在最近魯歐的那扇大門，我們發現遵照伊格諾希的命令負責瞭望的一支隊伍，這支軍隊的指揮官走向伊格諾希國王致敬，隨後報告說道，特瓦拉軍全到鎮上避難，而特瓦拉本人也逃到那裡，但他認爲特瓦拉軍鐵定一蹶不振，願意屈服投降。伊格諾希和我們商議後，派出傳令官前往入口，命令守門人打開大門，並且承諾放下武器的士兵可免一死。這個消息有了影響。不久，就在野牛軍團歡聲雷動下，通向護城河的吊橋放下通關，大門紛紛打開。

我們做出預防叛亂的必要措施之後便進入城鎮裡。情緒低落的士兵沿路低頭而站，將矛和盾擱在腳邊。伊格諾希行經時，他們紛紛向他行國王禮。我們繼續前行，直奔特瓦拉大院，幾天前部隊檢閱和捕殺巫師的空地如今卻是空無一人，遠處的特瓦拉正坐在小屋前，身旁只有卡古爾一人。

這是一個令人感傷的畫面：他坐在那兒，戰斧和盾牌放在身旁，下巴垂倚在護胸甲上，身邊僅剩一個乾癟老太婆。儘管一生作惡多端，但當我見他功敗垂成的模樣，不免升起惻隱之心，現在的他成了孤家寡人，不見那些昔日在身旁呼擁的數百名朝臣，甚至沒有一個妻子願意留下來與他共患難，或分擔淪敗的苦楚。淒涼而可悲的野蠻人。

我們穿過大院門口，走過空地，直接走向前任國王王位。約莫不及五十碼時，軍隊駐足，我們僅帶一名衛兵朝他走去，我們邊走，卡古爾邊罵，我們走近時，特瓦拉首次抬起帶著羽冠的腦袋，露出壓抑著怒火的獨眼，像是他前額豎的巨大寶石般發出光芒，他定眼看著勝利的對手，伊格諾希。

「你好啊，尊貴的國王！」他尖酸地嘲諷著，「你曾吃過我的麵包，現在又在白人施以魔法的幫助下騙走我的軍隊，又擊敗我軍，尊貴的國王，你打算怎麼處置我？」

「我父親在這裡爲王多年，你如何處置他，我便如何處置你！」他堅定回答。

「好極了，我會讓你們看到我的死法。瞧，太陽沉浸在血泊之中。」他以染紅的戰斧指向落日，「很好，現在我的太陽也要隨之落下，尊貴的國王！我準備赴死，但求依照庫庫安納王室習慣戰死。你不能拒絕，否則今日那些逃跑的懦夫將使你感到羞愧。」

・落敗的特瓦拉，身旁只剩卡古爾一人。

「恩准。做個選擇，你準備與誰交戰？我不會和你交戰，因爲國王只能在戰場上打仗。」

特瓦拉用陰沉獨眼打量我們，他的目光似乎在我身上停留一下，這使我浮現一股恐懼感。若是他選擇從我開始展開決戰，如何是好？面對這個身高六尺五吋的亡命之徒，我是否有機會勝出？不如拒絕戰鬥，即使冒著被趕出庫庫安納國的風險。我想，被人轟出仍比被戰斧肢解來得好些。

此時，他開口了。

「因楚布，你覺得如何，我們今天一決勝負，或是稱你懦夫？」

「不」，伊格諾希連忙插話，「別選因楚布。」

「若是他害怕，那就別打了，」特瓦拉說道。

不巧，亨利爵士明白此意，滿腔熱血。

「我和他決鬥，他將知道我是不是害怕。」他說。

「看在上帝的份上，別拿你的生命和這個亡命之徒冒險。今天看到你的人都明白你不是懦夫。」我懇求說道。

「我要跟他決鬥，」他沉著臉回答，「沒有人可以叫我懦夫，我準備好了！」他趨前幾步，舉起戰斧。

這個不切實際的荒唐行徑讓我開始擰起手來，倘若他決意開戰，旁人也無從阻止。

「別打，我的白人兄長，」伊格諾希深情地扣住亨利爵士的胳膊，「你已經打得夠多了，你要是有個萬一，我會心痛。」

「伊格諾希，我要和他決鬥，」亨利爵士回答。

「好吧，因楚布，你是個勇敢的人，這會是漂亮的一戰，特瓦拉，大象準備和你交戰。」特瓦拉狂笑趨前，面對著亨利爵士。他們就此站上片刻，夕照映在他們健壯體魄上，並在他們身上罩上一團火焰，確是旗鼓相當。

他們接著舉起戰斧，彼此繞著圈子。

突然，亨利爵士向特瓦拉使勁砍去，特瓦拉閃到旁邊，而亨利爵士則因用力過當，一時身體失衡，對手飛快地將戰斧舉到頭上，全力砸下。我的心一時揪住，以爲這下完蛋了。結果，亨利爵士迅速上抬盾牌擋住特瓦拉劈來一斧，盾牌外沿被徹底劈去，戰斧落在左肩，傷得不重。緊接著，亨利爵士再度揮出一斧，特瓦拉也用盾牌抵擋。其後，戰斧一來一往，每回不是用盾牌擋住，便是巧妙避開。局勢越來越激昂，負責放哨的軍隊忘了紀律，群體圍觀，每一回合都伴隨著大聲喊叫。此時，在我身旁的古德醒來，他坐起來，看見眼前一切，立刻站起，抓住我的胳膊，單腿來回跳著，拖著我一邊向前走去，一邊爲亨利爵士吶喊助陣。

「老友，打啊！打得好極了！快朝他中間劈去！」他喊道。

這時，亨利爵士再度耗盡全力往特瓦拉的盾牌一砍。這次劈開了特瓦拉的盾牌，並且劈穿盾牌後方堅韌的護胸甲，在他肩上砍出一道深深的傷口。特瓦拉痛得大吼，回擊之力氣無窮，直接砍斷對方戰斧上猶如鋼條般堅固的犀牛角柄，劃傷亨利爵士的臉。

我們的英雄斧頭落地時，野牛軍團發出一陣欷噓。特瓦拉復又舉起武器，嚎叫著飛快地砍去。我閉上眼睛，再次睜開雙眼便看見亨利爵士的盾牌躺在地上，亨利爵士攔腰抱住特瓦拉，兩人像熊一樣緊抱扭打。特瓦拉用力一扭，亨利爵士翻倒落地，然後兩人倒在石灰地上滾著，特瓦拉以戰斧攻擊亨利爵士的腦袋，亨利爵士則試著抽出腰間飛刀刺上特瓦拉的護胸甲。

這場殊死決鬥，看來煞是恐怖萬分。

「奪走他的斧頭！」古德嚷著，我們的鬥士或許聽見了。

他扔下飛刀，抓住特瓦拉的戰斧，戰斧被一條野牛皮帶牢綁在特瓦拉的手腕裡，兩個人依舊倒地滾著，跟野貓似地喘著氣，瞬間，皮帶斷了，亨利爵士費勁掙脫，武器仍在他的掌握中。他立刻站起，臉上傷口流出鮮血，特瓦拉也翻身而起，從皮帶上拔出飛刀，搖晃地撲向亨利爵士的前胸。這一刺來得既猛又準，卻被亨利的護胸甲頂住。特瓦拉狂叫著再度出擊，飛刀又被彈回。亨利爵士搖晃著後退，特瓦拉做第三次進攻，等到他撲上來時，我們偉大的英國人振奮精神，將戰斧用盡全力砍下。周圍觀眾發出興奮的尖叫聲，特瓦拉的腦袋像是從肩膀跳起，最終落地，朝著伊格諾希滾去，正好停在他的腳邊，屍體直立著，不一會兒，鮮血噴湧而出，身體轟然倒地，頸上的金項圈一併落地滾動著，筋疲力盡且失血過多的亨利爵士同樣重倒在地。

他立刻被人抬起，人們手忙腳亂朝他臉上倒水，不一會兒，那雙灰眸終於睜開。

他沒有死。

太陽西下，我走到掉落在塵土上的特拉瓦頭顱前，鬆開前額礦石，遞給伊格諾希。

伊格諾希將王冠豎立額上，然後踩上無頭死屍的胸脯，放聲高歌著凱旋曲，既美而豪邁。

「現在，叛亂就在勝利之中結束。」

「冬天已經過去，春天即將來臨。」

「如今邪惡得遮住它的容貌，繁榮將如同百合花一樣開遍大地。」

「慶祝吧，就讓大地爲暴政滅亡而歡呼，爲慶祝我是國王而歡呼。」

他停了下來，暮色漸深，傳來深沉的回應：「你是國王。」

於是，我對那名使者所做的預言成眞，四十八小時未滿，特瓦拉的無頭屍體便在大門口漸漸變得僵硬。

第十五章　好事多磨

戰鬥結束，亨利爵士和古德雙雙被抬進特瓦拉的屋裡。兩人因爲使勁和失血而耗盡力氣，我本身的實際情況也好不到哪兒去。儘管我生得瘦長結實，體態較輕，加上長期鍛鍊，或許比起一般人更能對抗疲勞，但是那晚，我的確筋疲力竭，那頭獅子對我造成的舊傷再度復發，早上受到重擊的頭部也開始劇痛起來。

美少女福樂塔自從獲救後，便把自己當成是我們的女僕，特別是對待古德。她協助我們取下護胸甲，這救了我們一命，護胸甲下的肌肉泛青腫脹得緊，儘管鋼鍊足以阻擋武器刺穿，卻無法防止造成肌肉擦傷。亨利爵士和古德身上全都淤青一片，我也沒落得輕鬆。福樂塔帶來一種泛著淡淡香味的綠葉搗成膏藥，使我們減輕許多痛苦，雖然淤傷很痛，但不如亨利爵士和古德的傷勢使我們焦慮。古德那「美麗的白腿」被刺出一道傷口，流了很多血，亨利爵士的下巴也被特瓦拉的戰斧劃出一道深深的傷口。幸虧古德是位傑出的外科醫生，他接起被遞來的小藥箱，立即開始清洗傷口，首先設法縫合亨利爵

士的傷口，隨後滿意地縫合自己的腿傷，再抹上一層厚厚的消炎藥膏，最後利用自己的手帕蓋住傷口。

福樂塔準備了一些濃郁的肉湯，但我們累得失去進食的力氣，一口咽下湯汁後，便一頭栽進散落在前國王屋中的華麗皮毛毯裡。這幅畫面極爲諷刺，這是特瓦拉的寢宮，殺死特瓦拉的亨利爵士卻裹著特瓦拉的皮毛毯沈睡。

經過一天的疲勞之後，入睡顯得困難，耳裡傳來女人因失去丈夫、兒子、兄弟而發出的哀鳴。那場可怕戰爭奪走兩萬多人的性命，將近三分之一的庫庫安納軍隊遭到消滅。躺著聽她們爲永別的親人哭嚎，心傷欲裂。接近午夜，哭聲越來越少，最後，這份寧靜卻被尖銳的長嚎劃破，聲音來自我們的一個小屋。後來，我才發現是卡古爾爲死去的特瓦拉哀嚎。

我斷斷續續地睡上片刻，卻又不時驚醒，心想我曾參與二十四小時前的恐怖事件。如今我彷彿看見那名在山頂衝向我的士兵，又處在灰軍的榮譽圈裡，又看到特瓦拉那血淋淋的頭顱怒目咬牙地滾過我的腳邊。夜晚不知不覺的過去了，黎明來臨之際，夥伴們也睡得不好，古德發著高燒，頭暈、吐血，顯然是前天那個庫庫安納士兵不顧一切地用著長矛刺他所造成的內傷。不過，亨利爵士看來精神飽滿，儘管臉上負傷，飲食困難，而且笑不出來，他的傷讓他顯得表情痛苦而僵硬，幾乎無法咀嚼。

約莫八點，因法杜斯前來探視我們，對於古德的情況感到特別難過，然後親切地與我們握手致意，但我注意到他和亨利爵士說話時，溢發著崇敬的神情，後來我們才明白，這位偉大的英國人被庫庫安納人視爲超人。士兵們認爲，向來沒有人像他那樣打仗，經過鎮日勞頓廝殺，竟能單挑一斧砍去特瓦拉的項上人頭，因爲特瓦拉不僅是位國王，而且被認爲是庫庫安納最強壯的勇士。這一斧，傳遍庫庫安納全國上下，從此，任何非凡一擊或武藝將被稱爲「因楚布的一擊」。

因法杜斯說，特瓦拉的軍隊全部歸順伊格諾希，並且由全國各地的首領開始發起臣服之意。特瓦拉死於亨利爵士之手，等同結束任何騷亂的可能性，因爲他的獨子斯克拉卡也死了。

伊格諾希在血泊之中游到王位。老首領聳肩答道，「是的，庫庫安納人民時而唯有透過流血才能保持冷靜，儘管有許多人遭到殺害，但是女人全都倖存下來，另外有些人將很快地茁壯，代替倒下的人。這片土地終能獲得安寧。」

上午，伊格諾希短暫來訪，他的額上束著象徵王權的礦石，他以王者之姿走來，其後隨侍一名卑躬屈膝的警衛，讓我不禁回想起數月前那名身在德班的祖魯高個兒，自我介紹並請求做爲僕人的景象。

「國王萬歲！」我起身說道。

「是的，馬楚馬乍恩，承蒙三位助我正式成爲國王，」他迅速地回答。

他表示一切進展順利，希望利用兩週時間安排盛宴，且讓人民大顯身手。

至於又該如何處置卡古爾？

「她是這個國家的惡魔，我要殺了她及其手下的女巫！」他答道。

「但她懂得很多，毀滅知識比起累積知識容易許多，伊格諾希。」我答道。

「是這樣沒錯，只有她知道『三女巫』的秘密、大路通向何方、國王被埋在哪裡，以及靜靜地坐在那裡的人。」他若有所思地說道。

「是的，還有鑽石的事。別忘了你的承諾，伊格諾希，你必須帶領我們去尋寶，即使不得不饒上卡古爾一命，好讓她充當我們的嚮導。」

「馬楚馬乍恩，我不會忘記，我會考慮這席話。」

伊格諾希離開後，古德顯得神智不清，外傷引發高燒主宰著他的生理系統，加上內傷使得生理狀況更形複雜，這種情況已經持續四、五天之久，正處於危險期，若不是福樂塔的細心照護，古德肯定已經撒手人寰。

全世界的女人都是一樣，姑且不論膚色，看看這名黝黑美麗的少女日夜彎身照顧這個發燒病人，像是一名訓練有素的護士，敏捷而溫柔地穿梭在病房裡，使人倍感不可思議。前幾個夜晚，我和亨利爵士試圖伸手援助，但她卻對這番打擾感到不耐，最後堅持留下照顧古德，認為我們來回走動將使病人感到不安，我想她說得對。她晝夜不分地看護著他，為他上藥，餵他喝下由牛奶調配而成的當地涼飲（成分是鬱金香球莖汁液），為他驅走身上的蒼蠅，在原始油燈的燈光下，夜復一夜的畫面不停上演著，古德輾轉躺著，面容消瘦，眼睛又大又亮，口中急切含糊地說著胡話，她就在他身旁地上倚牆而坐，眼裡滿是溫柔，容貌美麗而勻稱，儘管疲憊不堪，卻出於無限憐憫而顯得活力十足，或許那是超越了憐憫的東西？

將近兩天，我們以為他必定熬不過，心情特別沉重，只有福樂塔相信他會度過難關。

「他會活下來的，」她堅持著。

特瓦拉主屋方圓三百多碼內一片寂靜，因為國王下令除了我和亨利爵士之外，其餘人士得全部撤走，以免發出噪音干擾病人，古德病倒的第五天，我去探視他。

我小心地走進小屋，放在地上的油燈映照出古德的身影，不再輾轉反側，而是一動不動地躺著。

這麼說，這一刻終於來臨！我心裡難受得很，不禁失聲啜泣。

「噓！」古德後方的陰影裡傳來聲音。

我連忙過去，發現他並沒有死去，而是正在酣睡著，福樂塔緊握著他那可憐的白手，終於熬過危險期，他睡了十八小時之久。這段期間，那名女孩一直陪伴在他身旁。

終於度過危險期之後，古德迅速地痊癒了。直到恢復得差不多後，亨利爵士這才告訴他實情，他能保住性命，全得歸功於福樂塔的細心照顧，一派正直的水手知道福樂塔在旁長達十八小時，只怕驚動他而靜止不動的經過，感動得熱淚滿眶。他轉身直奔福樂塔做飯的小屋，我們則返回原來住處，他卻拉著我同行，以防語意不清時，尚可藉助我的翻譯傳達他的意思，儘管我說她通常會對他心有靈犀，但考慮他的外語詞彙實在有限，我還是去了一趟。

「告訴她，我的生命是她賜予，我永遠不會忘記她。」古德說道。

我向女孩翻譯。她那黝黑的臉龐浮起紅雲。

她轉向他，褐眼望著，細柔回應：「不，我的主忘了吧，是主救了我的命，難道我不是主的女僕嗎？」

女孩似乎全忘了救她脫離特瓦拉魔掌的人還有我和亨利爵士，但這就是女人的方式，我記得我的愛妻也是這般。

世上有兩件事不可阻止：一是不能阻止祖魯族人打仗，二是不能阻止一個水手墜入愛河！

幾天之後，伊格諾希召開會議，正式接受庫庫安納的族長們的認可成爲國王。場面波瀾壯闊，包括盛大閱兵。是日，灰軍正式接受檢閱，居於軍隊前排遊行，他們在偉大戰役的英勇表現受到讚賞。國王獎賞每人一頭大牛，提升他們成爲新的灰軍軍官，同時向全國發佈命令，各地必須以皇室之禮向我們三人致意，賦予等同國王般的尊重，並且賦予我們生殺大權。伊格諾希重申過去許下的諾言，未經審判不得流血，終止巫師搜捕

・女孩全心全意照顧古德，兩人開始互有好感。

活動。

所有儀式結束之後，我們等著告訴伊格諾希，我們急於調查所羅門大道盡頭的寶藏秘密，並且想要掌握相關訊息。

「我的朋友，我已經發現了那座山峰的座落，人稱為『沉默者』，也就是特瓦拉利用女孩福樂塔獻祭的對象。歷代國王都埋葬在那座山裡的巨大岩洞之中，你們在那裡可以發現特瓦拉的屍體與歷任國王葬在一起。裡面有個大坑，是死去很久的前人挖的，或許藏有你說的那種石頭，這些訊息部分是我在金伯利時從納塔爾人那裡聽來的。那個死亡之地是間密室，除了國王和卡古爾，沒人知道。特瓦拉已經死了，我既不熟悉，也不知道裡面藏些什麼。但是，這片土地流傳一個傳說，多年前曾有一名白人越過山脈，憑藉一名女人的帶領，走到密室並找到財寶，在他未能帶走財寶之前，那名女人便出賣了他，當時的國王將他趕回山中，從此再也沒有人進入過那間密室。」

「伊格諾希，確實不假，因為我們在山上發現了那名白人，」我說道。

「但首先我們必須找到密室，」我說道。

「只有一個人能為你們帶路，卡古爾。」

「要是她不願意呢？」

「她就得死，」伊格諾希語氣嚴厲，「我留下她的性命，就是爲了這個。」

隨後，他大聲命傳令兵差人帶來卡古爾。

不消幾分鐘，人已帶到，兩名衛兵夾著她匆忙行進，她一邊走，一邊破口大罵。

「鬆開，」國王命令衛兵。

她的樣子像極了一口布包，在地上癱成一團，邪惡雙眼露出蛇眼一般的光芒。

「伊格諾希，你想要做什麼？」她尖聲問道，「你不敢動我一根汗毛。你要是動了我，小心我的魔法將你滅了。」

「老太婆，你的魔法就連特瓦拉也救不了，所以絕對無法對我造成傷害，」他回答。「聽好，我要你說出密室的下落，發光的石頭藏在哪兒。」

「哈！哈！除了我以外，沒人知道，我絕不告訴你們，讓那些白色惡魔空手歸去。」她尖聲叫道。

「你得告訴我。我會讓你吐出字來。」

「尊貴的國王，怎麼告訴你？儘管你是如此偉大，但你能讓一個女人的嘴裡榨出事實嗎？」

「這並不難，我能辦到。」

「尊貴的國王，怎麼做？」

「要是你不說，你得慢慢死去。」

「死！」她恐懼而憤怒地尖叫著，「你不敢碰我的，凡人，難道你不知道我是誰嗎？你以爲我是多大年紀？我認識你的父親和曾祖父。這個國家初生之時，我便在這兒了，直到這個國家步入茁壯，我還在這兒，除了遭到意外，我不會死，沒人敢殺我。」

「停止鬼話連篇，回答我，」伊格諾希怒氣沖沖地說道，「你到底願不願意指出那些石頭的下落？如果不從，必死無疑，現在。」說著說著，他抓起長矛瞄準卡古爾。

「我不說，你不敢殺我的，不敢！殺我的人將會永遠受到詛咒！」

伊格諾希慢慢地往下扎去，直到矛尖刺進地上的舊布包。

她大叫躍起，而後重摔在地，不停地滾著。

「不！我願意說，只要讓我活著坐在陽光底下，我就帶你們走一趟。」

「好極了，我想，我找到說服你的方法了，你明天與因法杜斯一行人動身前往，要是你領錯方向，你就會慢慢死去。我說過。」

「伊格諾希，我不會領錯，我向來說話算話。哈！哈！以前曾有一個女人替一個白人指出地方，災難於是臨頭。」她那邪惡雙眼再度散發光芒，「她的名字也叫卡古爾，或許我就是那個女人。」

「你胡扯，那已是十代以前的事了。」我說道。

「或許就是這樣，一個人活得太久，記性也就變差，或許是我祖母告訴我的，她肯定也叫卡古爾。注意，你們將會發現發光石頭旁有個裝滿石頭的皮包，那人沒能帶走皮包，顯然厄運降臨在他身上。這趟旅程肯定快活，我們離開時，將能看到死於戰場的亡者屍體，現在他們沒了眼睛，肋骨也變得空蕩蕩的了。哈！哈！」

第十六章　死亡之地

第三天，我們在「三巫峰」山腳下的小屋過夜。所羅門大道通到這兒。隊伍包括我們三人、福樂塔、因法杜斯、卡古爾，另有一隊士兵和隨扈。三座山峰顯然是一塊三角隆起的地質結構，底部朝向我們，分別座落在我們的左、右、正前方。我永遠記得次日早上三座高峰佇立於陽光下的景象：高聳得直衝雲霄，峰頂覆有白雪，雪底露出紫色石楠，片片荒沼沿著山坡通向石楠。所羅門大道就在眼面，猶如一條白帶伸向山峰，通到中峰山腳，距離約五英里處爲其終點。

那天我們走在路上的興奮感覺，便留待給看到這段歷史的讀者想像。我們終於離那些奇妙寶藏越來越近了，那是招致三百年前葡萄牙人老約西，我可憐的朋友，他那不幸的子孫，恐怕還有亨利爵士的弟弟喬治·科蒂斯落得慘死的始作俑者。如同老魔頭卡古爾所言，厄運降臨在他們身上，而厄運是否也會降臨在我們身上呢？不知何故，當我們走上那條美麗的康莊大道末段時，心裡禁不住開始迷信起來，我想古德和亨利爵士或有

同感。

我們走在兩側長滿石楠的路上達一個多小時，高興得健步如飛，抬著卡古爾的轎夫幾乎跟不上，老巫婆總是尖叫喊停。

「白人，慢點兒，」她從布簾裡探出皺巴巴的老臉，亮眼盯著我們瞧。「你們這群尋寶人爲什麼這麼想要見到即將降臨在你們身上的厄運呢？」說著，她發出可怕笑聲，而這笑聲總是讓我背脊發涼。

我們繼續前進，直到眼前斜坡上出現一個巨大圓洞，深達三百英尺，周長半英里。

「你們猜不出這是什麼吧？」我對亨利爵士和古德說道，他們正驚訝地眺望著眼前這口巨洞。

他們搖頭。

「顯然你們在金伯利不曾見過鑽石礦。你們可以根據這個看出這是所羅門王的鑽石礦，瞧，」我指著洞口邊緣，草叢和灌木叢裡的藍色硬土說道，「地層都一樣。我能肯定順著那兒下去，我們會找到皀狀角礦岩的『管狀礦脈』。看這兒，」我指著位於緩坡上水平線下方的風化平板石，那是從堅硬岩石上切割而來，「如果那些不是過去用做洗滌原料的桌子，那麼我就是荷蘭人。」

這口巨洞，也就是老約西在地圖上標示的坑洞。大道自此邊緣岔開環繞，環形道路出現許多巨石堆，顯然用以支撐深坑邊緣，防止礦脈塌陷。我們沿著這條環形道路前進，我們好奇地從深坑邊緣觀察那三座高聳物。我們慢慢接近，看到它們就像三座型態各異的阿波羅神巨像，庫庫安納人推爲心中敬畏的三位「沉默者」。直到我們距離更近，心裡才明白這些「沉默者」的尊崇。

巨大黑岩底座上雕刻著不爲人知的人物，每尊相距二十步遠，三巨像俯視著魯歐平原六十英里大道，二陽一陰，各高約二十英尺。

赤裸的陰性巨像莊重而美麗，不過歷經百年風雨侵蝕，已經遭到毀損，頭部有著月牙斑點。兩座陽性巨像對坐，面容嚇人，特別是右側巨像，簡直是張魔鬼臉孔，左側巨像容貌平靜，但平靜得駭人。亨利爵士認爲，那是一種冷酷的平靜。三座巨像形成令人敬畏的三位一體像，他們孤獨地坐在這兒，眺望著平原。凝視著「沉默者」。好奇心再度驅使我們想要知道這些雕像出自何人之手，是那個挖出深坑、建造大道的人嗎？凝望出神之際，突然想起極爲熟悉的《舊約全書》，所羅門跟隨在陌生之神後頭迷路的情景記起了三位神名，再向同伴提出眼前這三座巨像或許象徵著人造之神。

亨利爵士說他在大學時代鑽研古典名著，「他們是所羅門時代的大商人，阿施塔特後來成爲希臘神祉阿弗柔黛地，據說她長有彎月般的角，陰性巨像額上也顯然有角，或許這些巨像出於經營寶藏的腓尼基官員之手。但誰能說個明白？」

我們來不及細數這些不凡的遠古遺物，因法杜斯便趨前舉起長矛向「沉默者」行禮致敬，並詢問我們是否立刻進入死亡之地，或是一切等到中午用餐之後。

卡古爾表示願意帶路。十一點鐘不到，我們禁不起強烈的好奇心驅使，希望馬上展開行動，我建議帶上一些食物，以防滯留洞裡之需。於是，卡古爾又被抬上，自行攙著轎子走出，福樂塔則帶著肉乾及兩葫蘆的飲用水，裝在一只蘆葦籃裡。我們正前方距離巨像背面約莫五十步遠處，佇立著陡峭岩壁，高達八十多英尺，逐漸向上攀斜，形成高聳的雪峰底座，雪峰就在頂上聳起，高達三千多英尺，直逼雲端。卡古爾下轎後向我們露出邪惡笑容，然後拄著枴杖，瘸步走向岩壁，我們追隨她而去，直至一個狹窄而堅固的拱形步道，儼然通往寶藏之地。

卡古爾在那裡等著我們，臉上依然泛著邪惡笑容。

「快點，來自星星上的白人，」她尖聲說道，「偉大的勇士，因楚布，布格萬，聰明的馬楚馬乍恩，準備好了嗎？看啊，我遵照國王命令，帶你們進入鑽石寶庫。」

「準備好了，」我說道。

但唯獨因法杜斯皺眉答道：「不，我不去。不過，卡古爾，管好自己的舌頭，別對我的主們耍什麼花招，要是他們傷了一根汗毛，你就得死，聽見了嗎？」

「我聽見了，因法杜斯，我知道你的，你總愛說大話，我還記得兒時的你恐嚇過你的母親，但別緊張，我仍活著遵照國王命令，我已經遵照過好多歷任國王的命令，直到他們最後遵照我的命令，哈！哈！我去看了他們，還有特瓦拉！快啊！這兒有燈。」她從毛製斗蓬下取出一只裝滿油料的葫蘆，上頭掛著一根燈芯草。

「你來嗎？福樂塔，」古德問道。

「我怕，我的主，」少女羞怯地答道。

「那把籃子遞來。」

「不，我的主，不管你去哪裡，我也跟去。」

卡古爾走進通道，通道裡只容兩人並行，伸手不見五指，我們循著卡古爾催促我們的尖聲前進，因爲感到恐懼而顫抖著。突然傳來翅膀急促飛動的聲音。

「喂！那是什麼？有東西打上我的臉。」古德叫道。

「是蝙蝠，繼續走吧。」我說道。

我們走了五十步左右，看見通道漸漸透出微光，再過一會兒，我們站在一個奇異的地方，讓所有人的眼睛爲之一亮。

想像站在大教堂大廳的情景，沒有窗戶，頂上灑下微弱的光，依據連接上下的光束判斷，洞頂上方高約一百英尺。我們就這樣站在如此巨大的石洞裡，這座自然成形的大教堂比起人造教堂更高且寬。此外，通道兩側站滿如冰巨柱，實際上是巨大鐘乳石。

我們沒有多餘時間欣賞這片美麗的地方，很遺憾地，卡古爾似乎對這些不感興趣，只是急於完成工作。這使得我倍感惱怒，因爲我亟欲探索光線究竟通過什麼系統射進此地，是出於人爲還是自然形成，而古代是否援用過呢？我們安慰自己回程再仔細觀察，於是繼續跟著恐怖嚮導往前走。

卡古爾帶著我們直奔寬廣而寂靜的洞穴頂部，那裡出現另一個通道，頂部不同於剛才的拱門，而呈正方形，狀似埃及神廟入口。

「你們準備進入死亡之地了嗎？」卡古爾問道，顯然有意使我們感到不安。

「帶路吧，」古德意正嚴詞地說道，試圖擺出一點也不害怕的模樣，我們全都試圖這麼做，唯獨福樂塔抓著古德的胳膊尋求保護。

「這地方眞是嚇人，」亨利爵士望著幽黑通道。「誇特曼，快啊，年紀大的優先通過，莫讓老女人久等了！」他禮貌地讓路，好讓我居前行進。

卡古爾疾走著，沿路枴杖喀喀作響，同時咯咯冷笑著，我被一種不祥預感嚇得裹足不前。

「唷，老友，快走，否則我們就要跟丟了。」古德說。

我只好遵命沿著通道走去，走了二十步後，赫然發現自己處於一個長四十英尺、寬三十英尺、高三十英尺的暗房，過去某個年代似乎挖空了這裡，出於人爲。這裡不如前面鐘乳石洞來得明亮，初步只能分辨出一張巨大石桌，沿著桌旁有圈巨大白色物體，四周佈有狀似人形的白色物體。然後，有個棕色物體坐在石桌中央。不久，眼睛逐漸適應這裡的光線，終於看清這些東西，尋常的我並沒有那麼膽怯，也不迷信，雖然我曾經認爲這是愚蠢行徑，但是我現在坦承當時的情景的確讓我不安，若非亨利爵士抓住我的衣領將我抱住，五分鐘後的我一定會跑出那個鐘乳石洞。曾在金伯利爲礦石許下的諾言也不能誘惑我再踏進一步。不過，他緊緊地抱住了我，於是我停下腳步，純粹因難掩情緒，一會兒之後，他也適應了這兒的光線，將我鬆開後，便擦起領上的汗珠。古德則氣若游絲的謾罵著，福樂塔更是摟住他的頸子尖叫。

唯獨卡古爾響亮地咯咯長笑著。

這眞是一幅可怕的場景啊！就在長型石桌的盡頭出現一名手裡握著一個巨大白色長矛的死神，那是一具巨大人體骷髏，足足高達十五英尺，他將長矛高舉至頭頂之上，作勢出擊，一隻骷髏手放在前方石桌上，宛如從座中站起之姿，脖子則向前彎著，呲牙咧嘴，泛出微光的顱骨往前伸去，空洞雙眼直往我們這兒瞧，嘴巴微張，似乎有意開口說話的模樣。

「天啊！那會是什麼呢？」我虛弱地吐出字句。

「那些又是什麼？」古德指著石桌周圍一群白色東西說道。

「那些到底是什麼？」亨利爵士指著桌上棕色物體說道。

「嘿！嘿！對於進入死亡大廳的人而言，大難來了，哈！哈！」卡古爾笑道。

‧恐怖駭人的骷髏，讓人驚嚇地連忙後退。

「來，戰場上的勇士，因楚布，看看你的手下敗將，」說著，老妖婆瘦骨如柴的手一把抓住他的衣服，走向桌子。我們也跟了過去。

這時，她停下腳步，指向桌上的棕色物體。亨利爵士一看驚呼得連忙後退，桌上坐的正是一具裸屍，膝上放著亨利爵士一斧砍下的頭顱，是的，那是特瓦拉消瘦的遺體，前任庫庫安納國王。頭顱擺在膝上，醜陋的屍體坐在那兒，脊椎骨伸出萎縮的頸部肌肉約達一英吋。屍體外部積聚了一層透明薄膜，模樣恐怖駭人。我們想不通究竟怎麼回事，後來觀察出密室頂部規律地落下水滴，滴答地落到屍體的頸上，爾後流遍全身，最終流入石桌的一處小洞。這時，我才推測出特瓦拉的屍體正逐漸化爲鐘乳石。

再次比照圍繞在桌旁石凳的白色物體，更加證實了這項推測。實際上，那些白色物體都是人體。曾經是具人體，如今化爲鐘乳石，這是古代庫庫安納人用以保存國王屍體的方法，也就是石化作用。

無論如何，這是白色死神，白色死亡。

第十七章　所羅門王的寶室

我們忙著超越恐懼，然後觀察這幅駭人景象，卡古爾爬上巨桌，爬向坐在水滴下的特瓦拉，然後又蹣跚地爬回止住，開始對著幾具屍體說話。我聽不懂意思，彷彿問候熟人似的完成這道神祕而嚇人的儀式，隨後立即蹲在白色死神下方，開始祈禱。老怪物唸唸有詞的祈禱情景使人感到不可思議，也使得我們趕緊觀察完畢。

「好了，卡古爾，」我低聲說著。不知怎麼著，沒人敢在這裡大聲說話。

「帶我們去密室。」

老怪物迅速地爬下巨桌。

「我的主們難道不害怕嗎？」她邪惡地望著我說道。

「帶路吧。」

「好的，我的主們，」說著，她又瘸著繞到死神後方，「密室就在這兒，亮燈進去

吧，」她把油燈放在地上，斜倚著牆壁，我拿出一根火柴點亮燈芯，然後找到通道，眼前只有堅硬岩石，卡古爾咧嘴笑稱：「路在這兒，我的主們。」

「別開玩笑，」我厲聲說道。

「我的主們，我沒開玩笑。瞧！」說著，她指向那堆岩石。

我們舉燈看見成堆巨石正從地上緩緩升起，消失在上方岩中，那裡必定藏有空穴做為接納。那堆巨石約有一扇門的寬度，高達十英尺，至少厚達五英尺，少說也有二、三十噸，顯然它的移動方式和現代獨棟窗戶的開闔一樣利用簡單的平衡原理。如何啓動這個原理，我們都沒瞧見，卡古爾小心地避開我們的目光，我懷疑有個簡單槓桿秘密地因壓力作用而展開移動，然後加重隱藏的平衡力，便能將整堆巨石自地面升起。巨石輕緩地自動升起，最後完全隱沒，眼前現出一個黑洞。

通往所羅門王的寶室的道路終於開啓，我們難掩激動，開始渾身發顫，不知這是一場騙局，還是約西·達·西爾維斯特拉所言爲眞？這個黑暗地方儲藏大量財寶，而這些財寶眞能讓我們成爲世上最富有的人嗎？幾分鐘後便能揭曉。

「進來吧，從星星上來的白人，」卡古爾走進通道說著，「請先聽你們的老僕卡古爾說來，你們將要看到的那些鑽石出土於沉默者足下深坑，然後儲存在這個地方，我不知道是誰做的，自從儲藏這些石頭的人匆忙離開後，這個地方我只有進來過一次。這個國家的子民世代相傳著財寶的故事，但從沒人知道密室所在，也不知道密門的秘密，有名白人越過高山來到這個國家，或許他也來自星星，當時受到國王盛情款待，就是坐在那裡的人，」她指著桌旁第五個國王，「他與一名同國的女人來到這裡，那名女人偶然得知密門的秘密，秘密不說穿，就算找上千年，也絕對無法找到密室。然後，那名白人跟隨那名女人進來，發現了那些閃亮的石頭，於是裝滿了一個小山羊皮袋，那是那個女人隨身裝食物用的袋子，當他準備離開密室時，再度撿起一堆石頭，一堆很大的石頭，他緊緊地握在手裡。」說到這兒，老卡古爾停頓下來。

我們聽得屏氣凝神。「喔，約西．達．西爾維斯特拉發生了什麼事？」我問。

聽我提起這個名字，卡古爾不禁感到詫異。

「你怎麼知道那個死人的名字？」她尖聲問起，不等回答再度繼續說道，「沒人知道發生了什麼事，只知白人嚇得扔下裝滿石頭的羊皮袋，倉皇逃了出來，手裡只握了一堆石頭，第五個國王拿走的就是你馬楚馬乍恩從特瓦拉額頭取下的那顆石頭。」

「從此再也沒有任何人進來這裡嗎？」我問，目光望向幽黑通道。

「沒有，我的主們，只有流傳著密門的秘密，每任國王都曾開過，但沒有進去過，據說凡是進去的人不出一個月便會死去，如同那名白人死在山上岩洞一樣，你們在那兒發現了他，馬楚馬乍恩，哈！哈！，我說的都是實話。」

我們目光交會，頓時感到一陣作噁，全身發冷。老怪物竟然知道一切？

「進來吧，我的主們，假使我說的都是實情，那麼裝滿石頭的羊皮袋便會躺在地上，你們以後就會知道來此終將難逃一死的傳說是否爲眞。哈！哈！」她手裡拿著油燈，既瘸又拐地穿越通道，我承認自己是否打算跟進而顯得拿不定主意。

「該死！」古德說道，「走吧！我可不願意讓那老怪物嚇住。」他攙著福樂塔前進，可憐的少女嚇得渾身發抖，顯然一點也不喜歡這個工作。他跟著卡古爾走進通道，我們也迅速地跟上。

狹窄通道乃藉由劈岩形成，幾碼遠之後，卡古爾停下腳步等待我們。

「瞧，我的主們，」她舉燈在前說道，「那些匆忙逃走的藏寶人，原本計畫預防任何人發現密門的秘密，但卻爲時已晚。」她指著橫放於通道裡的成堆方岩，目的是疊成一道石牆。通道旁也擺著代用的相同石堆，最奇特的還有一堆灰泥和兩把泥鏟。

不斷處於恐懼和不安的福樂塔稱是頭暈，不能再往前邁進，只能留下等待。我們讓她坐在那堵尚未完工的牆上，並將食物籃放在她身旁。

順著通道繼續走了十五碼左右，突然來到一扇漆木門旁。大門敞開著，或許有人最後來不及或忘了關門。

門檻上橫放著一只山羊皮袋，裡頭似乎裝滿小圓石。

「嘿！嘿！白人，」燈光照在皮袋上，卡古爾咯咯笑道，「我告訴過你們，瞧，那個白人匆匆逃走，只留下皮袋！」

古德俯身撿起那個皮袋，看來沉得很，叮噹作響。

「天啊！我相信裡面裝滿鑽石，」他惶恐地低聲說道，想到一只小山羊皮袋裝滿鑽石，的確足以讓人感到惶恐不安。

「繼續走吧，」亨利爵士不耐煩地說道，「老太婆，把油燈給我，」他從卡古爾手裡接過油燈，穿越通道，將油燈高舉於頭頂之上。

我們緊緊跟隨著，一時忘卻了那袋鑽石，接著走進所羅門王的寶室。

起初，微弱燈光映照出一個由岩石嵌成、約十英尺見方的房間。其後，眼裡盡是堆到天花板高的優質象牙。不知數目多少，因爲我們無法預見房間向後延伸的距離，但就我們目光所及，數目不亞於四、五百支。我們眼前的一個象牙足以使人一生過著富裕生活。我想，所羅門王或許就是運用這個寶藏建造出「偉大的象牙寶座」。

寶室對面約有二十只塗上紅漆木盒。

「那就是鑽石，把燈拿來。」我叫了出來。

亨利爵士把油燈放到最上方的木盒上，即使這地方氣候乾燥，但歷經長時間，盒蓋不免腐朽不堪，上方似乎被砸過，大概是約西．達．西爾維斯特拉做的好事。我伸進盒蓋的洞裡抓了一把，不是鑽石，是金飾，我們不曾見過那種形狀，上面似乎印著希伯來文字。

「啊！不論如何，我們不會空手而回。」我把金飾放回說道。每只盒裡肯定擺有兩千枚金飾，這裡有十八只盒子。大概是那些工人和商人的工資。」

「嘿，我想這夠多了，我沒有見過任何鑽石，除非那個葡萄牙人把它們全都放進了這個皮袋。」古德插嘴說道。

「我的主們，到那極盡黑暗的地方，看看是不是能發現那些石頭，」卡古爾說道，「我的主們會在那裡發現一個隱密處，兩個封閉的，另一個敞開的。」

向舉燈亨利爵士解釋前，我不禁要問，她怎麼知道這些，多年前繼那個白人之後，是否有人曾經來過這裡。

「啊，馬楚馬乍恩是在星夜裡瞭望的人，」她嘲笑著回答，「你們這些住在星星上的人，難道不知道有人能望穿岩石？」

「科蒂斯，看看那個角落，」我指向卡古爾指出的地點。

「夥伴們，這是一個凹處，天啊！瞧這兒。」

我們急忙走到他所站之處，這個角落像是小型弓形窗。沿著這道凹牆放著三個石箱，每箱約兩英尺見方。兩個箱子配上石蓋，第三箱的蓋子則靠在箱邊，而那個箱子是打開的。

「瞧！」他舉燈照著開著的箱子上方，嘶啞著重複說道。我們放眼一望，一時看不清楚，銀色

光芒照得我們眼花撩亂。正當我們逐漸看清時，發現箱子裡裝滿未經切割的鑽石，其中多數為大型鑽石。我彎腰拾起一些。是的，沒錯。

手裡放掉鑽石時，簡直無法透氣。

「我們要讓鑽石淹沒市場，」古德說道。

「得先弄到那兒去，」亨利爵士建議道。

一行人臉色發白地站著互望，油燈在中間，下方寶石閃閃發光。我們像是犯下罪行的陰謀者，而非世上最幸運的三個人。

「嘿！嘿！」卡古爾在後方宛如吸血蝙蝠般四處走動並說道。「這是你們喜愛的寶石，白人們，要拿多少就拿多少，滿把抓起，吃下它們，喝了它們，哈！哈！」

我的腦海裡浮現吃喝鑽石的模樣，感到非常滑稽，於是大笑起來，另外兩人也跟著笑了。我們朝著那些屬於我們的寶物又叫又笑，幾千年前耐心十足的挖工替我們開採出來，所羅門王的監工為我們埋藏在此，或許他的名字被封蠟起來，卻仍黏在箱蓋上面。所羅門王沒有得到，大衛沒有得到，約西・達・西爾維斯特拉也沒有得到，任何人都沒有得到，唯獨我們握在手裡，眼前是價值數百萬英鎊的鑽石和數千英鎊的金飾和象牙，現在只等將它們運離這裡。

後來，我們停止笑聲。

「白人們，打開其他箱子，那裡肯定更多！」卡古爾嘶啞著說道。

我們開始動手打開另外兩個石蓋，充滿褻瀆似地撬開上面的封蠟。

那些箱子也是滿的，全部溢到箱頂，至少第二口箱子是滿的，不是可憐的約西·達·西爾維斯特拉淨往羊皮袋裡裝的那口箱子。第三口箱子只裝滿四分之一左右，不過那些石頭儼然經過篩選，每顆不少於二十克拉，有些猶如鴿子蛋大小。我們拾起最大的一堆，對著燈光打量，些許泛黃，依照金伯利當地的說法，屬於「成色不佳」。

不過，我們都沒有注意到卡古爾悄悄爬出寶室，沿著通道爬向硬岩大門，露出邪惡的神情。

拱廊上不斷地迴響著呼叫聲。那是福樂塔！

「布格萬！救命啊！岩石落下來了！」

「快離開啊！否則……」

「救命啊！她刺中我了！」

・趁大夥忘情看著黃金寶石，卡古爾正要偷溜。

我們順著通道跑去，石門正在緩緩落下，距離地面不到三英尺。門旁的福樂塔和卡古爾正在扭打，福樂塔身上流出鮮血，但是勇敢的少女仍然緊抓著老女巫不放，卡古爾像隻野貓搏鬥著。啊！被她掙脫了！福樂塔倒在地上，隨後卡古爾撲倒如同蛇般扭動身子，掙扎著爬過即將閉上的石門。她在石門下面，天啊！一切太遲了！她被石門夾住，痛苦地哀鳴著。石門慢慢落下，三十噸的重量逐漸地壓住蒼老的身軀，她尖叫著，一陣讓人昏眩的嘎吱作響，大門閉上。

所有一切發生在四秒鐘之內。

我們轉向福樂塔，她身上中刀，怕是活不久了。

「啊，布格萬，我要死了！」美麗的少女喘著氣，「她從裡面爬出，卡古爾，我卻沒有看見她，當時我頭暈得很，大門開始落下，然後她又轉身看了通道，這時，我看見她正要穿過緩慢落下的大門，於是追上前去抓住她，她反身刺我一刀，我活不了了，布格萬。」

「可憐的人兒！可憐的人兒！」古德哭喊叫道，此時除了俯身吻別，無計可施。

「布格萬，馬楚馬乍恩在哪？這裡很黑，我看不見。」

「福樂塔，我在這兒。」

「馬楚馬乍恩，請替我翻譯，因爲布格萬聽不懂我的語言，我得在我走入黑暗之前說句話。」

「福樂塔，說吧，我來翻譯。」

「請對我主布格萬說，我愛他，我願意赴死，我知道太陽無法與黑暗結合，白人和黑人也是一樣。」

「我不時感到心裡彷彿住著一隻小鳥，終有一天會從那兒飛出，飛到別的地方歌唱。現在，我無法抬起手，大腦逐漸變冷，但我並未感到自己的心會死去，它充滿了愛，可以活上千年，依然蓬勃。若有來生，或許我們會在星星上相見，我會四處找尋，儘管我仍可能會是這裡的黑人，他仍是白人。不，馬楚馬乍恩，什麼都別說了，除了我的愛，布格萬，抱緊我，我怎麼感覺不到你的懷抱。」

「她走了，」古德悲痛地站起，淚水滑落。

「老友，你不要爲此難過，」亨利爵士說道。

「唔！」古德說道，「你說這話是什麼意思？」

「我是說你或我們很快會跟她在一起的。我的朋友，難道你看不出我們已經被活埋了嗎？」

後來，我們坐下並極力面對現實，身上背著價值連城的三口寶箱。

「我們來分食物，」亨利爵士說道，「能活多久，就活多久。」我們開始展開行動，估計每人分得的食物，勉強可以支撐兩天。除了乾肉，還有兩壺飲用水，每壺裝有約莫一夸脫。

「現在我們吃喝點吧，因爲明日我們難免一死。」亨利爵士說道。

我們吃著少許乾肉，喝口水。雖然非常需要食物，卻沒有什麼胃口。我們隨後起身，檢查牢房四壁，懷著一絲希望能找到出去的方法，並仔細探聽牆面和地面。什麼也沒有。寶室裡似乎無法找到其他東西。

燈光開始變得黯淡，油燈即將耗盡。

「誇特曼，」亨利爵士說道，「現在是幾點，你的錶還走著嗎？」

我拿出手錶一看，現在已是六點鐘，我們在十一點鐘進入山洞。

「因法杜斯會想念我們，要是我們今晚沒有回去，明天他會出來尋找我們。」

「沒有用，他不知道門的秘密，甚至不知道所在地。除了卡古爾之外，昨天沒有人知道。今天更沒有人知道。就算找到大門，他也無計可施。庫庫安納所有軍隊無法打穿五英尺厚的岩壁。我的朋友，看來我們只能向上帝的意志低頭，尋寶一途致使許多人喪命，我們似乎要加入他們的行列了。」

燈光越來越暗。

不久，燈光突然燃起，強光照亮整個地方，巨大白色象牙，裝滿金子的盒子，躺在那些盒子前方的福樂塔遺體，裝滿寶物的羊皮袋，鑽石發出的微光，還有坐在那裡等死的三個白人一臉慘白。

突然之間，燈光殞落，最後熄滅。

第十八章　放棄希望

那一晚，難以言喻的恐懼淹沒了我們，而睡眠似乎可以減輕那種恐懼感，即使身處這般境地，疲憊仍然不時地征服了我們。無論如何，我們無法多睡一會兒。姑且不論即將到來的厄運，就連世上最勇敢的人等待命運如斯，也不免感到一絲恐懼，寂靜本身就已夠讓人恐懼的了。你絕對不知道眞正全然的寂靜是何樣貌，地表總有些動靜，儘管極其細微，確也能減弱絕對寂靜的鋒利稜角。但這裡什麼都沒有，身在巨大雪峰內部，上方高處的新鮮空氣飛也似地吹拂著白雪，我們這裡卻是無聲無息，長條隧道加上五英尺厚的岩壁隔開了可怕的死亡之地。槍砲齊鳴也不可能傳進身處於活墓之中的我們耳裡。我們與世隔絕，彷彿死了。

這眞是一種莫大嘲弄。四周財寶足以支付一個中等國家的開銷或是成立一個裝甲部隊，但我們願意用此換取微乎其微的逃生機會。很快地，我們就會願意用此來換得微薄的食物或少許的飲水。人們拚命換來的財寶，最後竟然一文不值。

漫漫長夜悄悄地過去了。

「古德，你的火柴盒裡還有幾根火柴？」亨利爵士終於開口，聲音在濃郁的寂靜中聽來毛骨悚然。

「八根。」

「劃開一根，讓我們看看現在的時間。」

火柴的光亮在極度黑暗之中幾乎讓我們的眼睛張不開。我的手錶指著五點鐘，遠方黎明正照映著我們頭頂上方的雪冠，微風正吹動山谷夜霧。

「我們最好進食以補充體力，」我說道。

「吃東西何用？我們死得越快越好。」古德答道。

「活著，就有希望，」亨利爵士說道。

於是，我們將就吃喝點。一段時間過去，有人建議盡量湊近門口叫喊，或許外頭有人能聽到我們的聲音。古德於是憑藉著長期海上生活經驗，拉高分貝地順著通道往前摸索，開始叫喊著。我必須得說，他的聲音簡直糟透了，那是一種前所未有的叫聲，但效果就像一隻蚊子所發出的嗡嗡聲。

不久，古德不再叫喊，口渴難耐得找水喝，而我們也放棄嘗試呼救，這麼做實在太浪費水了。

我們倚著無用的鑽石寶箱坐下，全都陷入無所事事的窘境，這是我們一生中最艱難的時刻，不由得說，我已經全然絕望了。我把頭埋在亨利爵士肩上，啞然放聲大哭，古德在另一邊不停啜泣，嘶啞地咒罵自己犯下蠢事。

那名巨人是如此的堅強，如果我們兩個就像驚慌失措的孩子，那麼他就是我們的護士，溫柔地對待著亟欲尋求庇護的兩顆心。他忘卻了自己的痛苦，努力安撫著已然崩潰的神經，說著那些處境相同的人是如何奇蹟似地逃生，而這些似乎無法提振我們的精神時，他只能坦率地道出這是唯一結局，不過提早來臨罷了，耗竭而死是一種仁慈的死亡（其實並不盡然）。後來，他再度改變方式，建議大夥撲倒在神靈面前請求大發慈悲。

不知不覺地過了一夜，白天終於來臨。我劃出一根火柴，手錶已經走到七點鐘。

我們吃了點東西，這時，心裡突然冒出一個念頭。

「這裡的空氣為何這麼新鮮？儘管感覺厚重，卻聞來新鮮。」我說道。

「天！我從來沒想到，空氣不可能穿越密不透風的石門，鐵定是打從什麼地方吹進，大夥試著找找。」古德說道。

好極了，一個希望的火花，振奮了我們。我們三人一時跪地用手來回摸索，試圖感覺細微氣流的動靜。我碰到了一個冰冷物體，是可憐的福樂塔。

我們就這麼摸索一個多小時，最後我和亨利爵士心生絕望，只得放棄。我們的頭不斷地撞到象牙、石箱、密室牆壁，渾身是傷。只有古德依舊懷抱希望，堅持尋找著，他認爲如此比起什麼都不做來得好。

「兩位，快過來。」過了不久，他的聲音顯得不太自然。

不消說，我們立刻爬向那邊。

「誇特曼，把你的手放在我的手旁，現在，你感覺如何？」

「我感覺到上升氣流。」

「現在聽聽看。」他起身跺跺那個地方，希望的火苗在我們心中燃起。那個地方是空的。

我顫著手再度劃亮火柴，手上只剩下三根，眼前看見我們位於密室遠處的一個角落，事實證明我們在前方徹底檢查時，並未瞧見那道空心板。趁著火柴燃起時的光亮，我們仔細察看了那個地方，發現堅硬的岩石地板上有道接縫，一個石環與岩石處於同一個水平面上。他用刀不停地鉤著石環，最後伸至石環下方，然後輕巧地往上撬著，唯恐弄彎鉤子，石環開始移動，歷經許多世紀之後，石頭仍在那裡，不如鐵環。不久，鐵環再度被撬動，他伸手握住石環，使勁一拉，卻未能拉動。

古德再度拿出鉤子，沿著石環撬著，我們感到氣流上湧。

「科蒂斯，快，把手伸進去，用你的力氣頂住兩個人。」他說著拿出一堆結實的黑絲手帕，他眞是個愛乾淨的人，隨身帶著手帕。他用手帕綁住石環。「誇特曼，抱住科蒂斯，一聲令下就用力往後拉，來！拉！」

亨利爵士使盡全力，我和古德也一樣，用盡身上的所有力量。

「起來了！起來了！開始動了，」亨利爵士上氣不接下氣地說著，我聽見他的背部肌肉發出聲音。瞬間傳出分裂聲，緊接著空氣一湧而入，我們全都仰著後傾，一些石板壓在我們身上。

「誇特曼，點根火柴，」我們喘了口氣之後，「現在擦亮吧。」亨利爵士說道。

火柴劃亮後，榮耀主！眼前劃開石梯的第一道台階。

「現在該怎麼做？」古德問道。

「當然是順著石梯走去，一切都是天意啊。」

「等等！誇特曼，帶上剩下的乾肉和飲水，我們可能需要它們。」亨利爵士說道。

我爬回剛才的地方，到箱子旁取來我們要的東西。我正要拐回時，產生一個念頭。我們已經二十四小時沒有想起那些鑽石，那時一想起鑽石就感到厭惡，就是它讓我們落入這步田地。我想，在我們或許能離開這個可怕洞穴的情況下，不妨帶上一些鑽石。於是，我把手伸進第一口箱子，將我那老舊獵裝的全部口袋都裝滿鑽石，又從第三口箱子裡拿了兩把鑽石。

「你們不拿一些鑽石嗎。我已經裝滿口袋了。」我叫道。

「該死的鑽石！我希望再也別見到鑽石。」亨利爵士說道。

古德沒有回應，我想，他是在向深愛他的福樂塔道別。親愛的你正悠閒地坐在家裡閱讀之時，或許對於我們放棄不可計數的財富的行爲感到不可思議，我敢打包票，若是你不吃不喝待在那裡長達二十八小時，強烈希望擺脫死亡時，你也肯定不會在乎那些鑽石的。

「快！誇特曼，」亨利爵士說道，他已站上石梯的第一階。「小心點，我先下去。」

「小心腳步，下方可能會有個可怕洞穴，」我說道。

「或許通到另一個房間，」亨利爵士邊說邊往下慢慢走去，邊數著台階。他數到「十五」時，停了下來，說是見底了。「感謝主！這是一個通道。你們快下來吧！」

古德接著走下，我則殿後。走到底時，我們劃亮倒數第二根火柴，憑著光線看到自己處於一個狹窄隧道。石梯左右各有一條隧道，沒能看到其他景物之前，火光便已暗下。該走哪一條路？當然，我們不能得知這是什麼通道，也不知通向何處，何方是引向安全地帶？何方是引向毀滅？一行人茫然不知所措。古德突然想起適才點亮火柴時，通道氣流將火焰吹向左方。

「我們逆著氣流而走，空氣來自內部，而非由外吹來。」他說道。

我們接受這個建議，以手摸著牆壁前行，步步都要踩個虛實。我們離開歷經艱辛尋得的寶藏，若是有人活著再度踩進這兒，將會發現我們曾經到此一遊的記號、打開的寶

・火光即將熄滅，卻還遍尋不到出口。

石箱、空空如也的葫蘆，還有一具福樂塔的屍骨。

我們順著通道摸索，走了約莫十五分鐘後，突然出現一個急轉彎，或是另一條通道的交叉口。順著走去，不一會兒，便走進第三條通道，如此走上幾小時，彷彿走進無窮盡的迷宮。雖然不知這些通道用途爲何，但我們認爲應是遠古寶藏的工地，四處挖掘的結果，形成不同的通道。這是我們對於多元通道的唯一解釋。

最後，我們筋疲力盡地停下腳步，卻仍不見一線生機，心裡自是極度沮喪。我們吃完所剩乾肉、喝盡最後一滴水，嗓子仍乾如灰窯，宛如剛剛脫離漆黑密室的死神，如今又相遇在漆黑隧道裡。

我們站在那裡，滿臉頹喪，這時我聽到一種聲音，連忙喚起其他兩人豎起耳朵。那道聲音聽來顯得微弱而遙遠，的確是一種微弱、低沉、連續的聲音，因爲他們倆也聽見了，歷經死寂之後，簡直無法言喻那份聽見聲音的喜悅。

「天啊！是流水聲，快點！」古德說道。

我們順著微弱聲音，再度倚著摸索前進。隨著我們移動，聲音越見清晰，最後水聲在寂靜中顯得異常響亮。繼續走著，現在能夠正確分辨出那是流水聲。但是地球內部怎麼可能會有流水？我們越走越近。走在前方帶路的古德發誓聞到水的氣味。

「古德，慢慢走，我們一定很接近了。」亨利爵士說完，古德大叫。

他已經掉進去了。

「古德！你在哪兒？」我們驚慌得大喊。幸好聽到一聲悶語回應。

「好險，我抱住一堆岩石，點火讓我看看你們的位置。」

我連忙點亮最後一根火柴，微光照映出腳下是一團黑色流水。我們無法看到寬度，但我們看到同伴掛在一堆岩石上的影像。

「讓開，抓住我，我得游過去。」古德喊道。

接著，耳裡傳來嘩啦嘩啦的水聲和搏水聲。不消多久，他已經迅速地抓住亨利爵士的手，我們把他拖到隧道裡面。

「要是一個不留神，沒抓住那堆岩石，又不會游泳，那麼一切都完了。」他說道。

古德休息片刻，我們取地下河水將肚子灌飽，水質鮮甜，然後梳洗著臉龐後，便從這條非洲冥河岸邊出發，沿著隧道繼續走著。成了落湯雞的古德，滿臉不悅地走在前面，最後，我們走到右彎隧道。

「我們就這樣一路走著，所有的路都是一個模樣，我們只能一直走到倒下為止。」亨利爵士疲憊地說道。

順著這條新隧道一路緩慢而跌跌撞撞地走著，如今由亨利爵士居前帶路。

他突然停下，我們撞在他身上。

「瞧！是我頭暈了，還是那兒眞有光線？」他低聲問著。

我們睜大眼睛，沒錯！就是那兒，我們前方遠處有個微弱亮點，小於小屋窗戶的一個窗格大小。光線很暗，讓人懷疑除了我們已經連日適應黑暗的眼睛之外，其他眼睛是不是能夠瞧見。

我們充滿希望地加快走去，過了一分鐘後，一道氣流吹拂著我們，我們賣力地向前挪動腳步，瞬間隧道變窄了，高大的亨利爵士跪著走去，隧道越來越小，最後只剩下一口狐狸洞般大小，現在只剩泥土，那些岩石早已不見蹤影。

亨利爵士掙扎著擠出洞口，接著古德和我也爬了出去。洞外滿天星光，溢滿新鮮空氣，我們滾過草地和矮木叢，又滾過濕軟的大地。

我被某種物體絆住停下，於是坐起疾呼，正下方傳來一道聲音，一片平地抑止了亨利爵士的翻滾速度。我爬向他那兒，儘管他氣喘如牛，身上倒是沒有負傷。我們走了一會兒，終於找到卡在一個樹根裡的古德，他受到了劇烈撞擊，不久便醒轉過來。

我們一起坐在草地上，頓感此時應該興奮得大聲喊叫。我們步出了險些成爲葬身之地的幽暗地牢。或許冥冥中有股仁慈的力量引導著我們，使我們步出隧道盡頭的洞口。看看山頂上方，我們一度以爲再也無法見到的曙光如今又化成了玫瑰紅般的顏色。

這時灰白光線沉靜地沿著斜坡下滑，我們就在斜坡底部，接近岩洞入口前方深坑的底部。我們終於能把坐在深坑旁的三座阿波羅神巨像看個明白，原來走了一整夜的黑暗通道以某種方式連接鑽石礦脈。至於高山內部的地底之河，只有上帝知道那是什麼，源自哪裡，流向何方。

光線漸漸亮了。我們現在可以看清彼此的容顏，這般看來，眼下模樣卻是史前未有。憔悴的神情，凹陷的眼窩，一身塵土，滿身傷痕，血跡斑斑，長時間遭受死亡逼近的恐懼依然留在臉上。這幅模樣走在白天鐵定嚇人，而古德的眼鏡始終牢掛著。我懷疑他是否曾經摘下那副眼鏡，不論黑暗、墮落地底之河，或是滾下山坡，始終沒能將古德和那副眼鏡分開。

我們站起身來，深怕停頓太久，四肢會逐漸僵硬，於是我們開始拖著疲憊的步伐緩慢而艱苦地沿著深坑斜坡走去。

我們終於站上大道，就在正對巨像的深坑一旁。約莫一百碼遠的地方，有些小屋前面升起柴火，四周穿梭著幾個人影，我們一路相互扶持著走向他們，沿路走走停停，其中有個人影站了起來，看見我們現身，不由得嚇得腿軟，倒地驚呼。

「因法杜斯，因法杜斯，是我們啊，你的朋友。」

我們站起看著他帶著狂亂的眼神奔向我們，依然不免發顫。

「我的主們！我的主們！眞的是你們！從死神那兒回來了，從死神那兒回來了！」

老勇士撲倒跟前，緊緊地抱住亨利爵士的膝蓋，興奮得失聲大哭。

第十九章　別了，伊格諾希

到了魯歐後，我們受到伊格諾希的熱情接見。他屏息凝神，興致盎然地聽著我們述說奇妙的故事，但當我們提到卡古爾的可怕下場時，他卻顯得若有所思。

「到這兒來，」他對老族長喊道，老族長和其他人圍坐在國王身旁，但聽得不太清楚，老人於是起身前來，行禮致敬後入座。

「你的年紀很大了吧，」伊格諾希問道。

「是的，陛下！」

「告訴我，小時候的你認識女巫卡古爾嗎？」

「認識，陛下！」

「她年輕時是何模樣，像你一樣嗎？」

「不，陛下！她和現在一樣乾癟，極度醜陋，而且充滿邪惡。」

「她不再會是這樣了，她死了。」

「尊貴的國王，就是這樣！這片土地從此剷除了禍源。」

「下去吧！」

「庫姆！我下去了！庫姆！」

「我的兄長們，瞧，她是個怪女人，我很高興她死了。她引你們進入黑暗死亡，或許她也想在日後用計殺死我，就像她當初殺死我父親一樣。現在接著說完那個故事吧，向來不曾有過這樣的故事啊！」伊格諾希說道。

說完我們逃生的故事後，我趁機向伊格諾希提起我們準備離開庫庫安納國的事。

「伊格諾希，現在已經到了道別時刻，我們要動身回自己的國家。你以一個僕人的身份跟隨我們前來，現在我們卻要離開一位偉大的國王。要是你感念我們，記得實踐你曾許下的諾言：公平統治，尊重法律，不濫殺無辜。這樣一來，庫庫安納國一定會走向繁榮富強。明天破曉時分，你願意賜給我們一個護衛隊，帶領我們翻越高山嗎？尊貴的國王？」

伊格諾希雙手捂臉，過了一會兒才回答。

「我很心痛，」最後，他說道，「你這番話撕裂了我的心。因楚布、馬楚馬乍恩，布格萬，我對你們做了什麼，你們卻要留下我過著孤獨淒涼的日子？不論謀反或是戰場，你們全都在我身邊支持我，現在大功告成，天下安定，你們竟然要離開我？你們想要什麼，妻子嗎？全國的女人可供你們挑選！住的地方？凡是你們看到的地方都是你們的。還是白人的房子？你們可以教人民蓋房子。或是要做牛排和牛奶的牛隻？每個已婚男人送你們一頭公牛或乳牛。是要打獵嗎？難道森林裡沒有大象，蘆葦叢裡沒有河馬嗎？你們是想打仗嗎？我的軍隊隨時聽候差遣。我願意傾其所有與你們分享。」

「不，伊格諾希，我們不要這些，我們要回自己的地方。」我答道。

「我明白了，」伊格諾希痛苦地說道，眼裡泛著淚光，「你們愛的是那些鑽石，而不是我，你們的朋友。你們得到了石頭，準備前往納塔爾，賣掉鑽石致富，就像白人的心願一樣。因爲你們，我詛咒那些石頭，詛咒尋找鑽石的人。死神會降臨在那些踏進死亡之地尋找鑽石的人，我說完了，白人，你們可以走了。」

我的手搭住他的手臂。「伊格諾希，告訴我們，你漂泊在祖魯，生活在納塔爾的白人群裡，難道心裡不想回到你母親曾告訴過你的那個地方，回到你的故土嗎？你在那裡看到光明，而且兒時的你可以在那裡玩耍，那是屬於你的地方！」

「確實如此，馬楚馬乍恩。」

「我們也想回到我們的土地，回到自己的地方。」

接下來停頓了片刻。當伊格諾希打破沉默時，語氣已經改變。

「我瞭解你們的話了，理由仍然充分，馬楚馬乍恩，飛舞在空中的蒼蠅不愛在地上奔跑。白人不愛跟黑人平起平坐。好吧，你們決定離開讓我心痛，你們對我來說就像死了，任何消息再也不會傳到我的耳裡。」

「聽著，告訴所有白人。沒有其他白人可以越過群山，就算目前爲止可能有人活著到達這兒。我不願見到那些帶著槍和萊姆酒的商人。我的子民將用長矛出戰，若是有個白人來到我的大門，我會送他回去，若是來了上百名白人，我會推他們回去，若是來了一支軍隊，我會全力開戰，他們無法戰勝我。但對你們三位，因楚布、馬楚馬乍恩、布格萬，這條路爲你們而開，你們是我最親的人。

你們應該離開。我的叔叔因法杜斯，將親自領軍隊爲你們帶路，據我所知，還有一條路可以穿越山脈，他會指引你們，再會，我的兄長們、勇敢的白人，別再相見，因爲我的心再也無法承受。」

「趁我還沒哭得像個女人似時走吧。祝福你們好運，因楚布、馬楚馬札、布格萬，我的主，我的朋友們。」

他誠摯地凝望我們幾秒，然後用毛皮斗蓬的一角蓋起頭來以便遮住臉，不讓我們看見。

我們默默地離開了。

次日黎明，我們離開魯歐，因法杜斯和野牛軍團一路護送，他因爲我們離開而感到悲傷。一小時前，人潮擠滿了鎮上主要街道。我們站在軍隊前面走過時，人們向我們大行皇家禮儀，女人們則因擺脫了特瓦拉的魔掌而爲我們祝福，將鮮花灑向我們，場面十分感人。

同時發生一件趣事，讓人開懷。

幾近城鎮邊界時，有位拿著百合花的美少女，跑上前來向古德獻花，並說出請求。

「說吧！」

「請主爲僕人展露美麗的白腿，讓他的僕人看上一眼，她會牢記在心，並會告訴她的孩子們，主的僕人走上四天專程來看美麗的白腿，因爲它們的名聲已傳遍全國。」

「這麼做會被吊死的！」古德激動地說。

「親愛的夥伴，你不能拒絕女士的請求。」亨利爵士說道。

「我不會，但這絕對有傷風化。」古德固執地說道。

最後他還是同意把褲子拉到膝蓋上，在場的所有女人，特別是那感到心滿意足的少女，連連驚呼讚美著。而古德就以這副裝扮走出了城鎮。

只怕古德的雙腿往後再也沒有這樣偉大的讚美了。

因法杜斯邊走邊說，還有一道關口可以穿越高山，到達所羅門大道的北方，意指庫庫安納和沙漠分離的峭壁某處可供我們一行人爬下去，那是示巴女王峰的裂口處。兩年多前，一群庫庫安納獵人下山到沙漠尋找鴕鳥時，發現了這條路。在上次的戰爭裡，頂上駝羽就是他們從山的彼處帶回來的。當時遇上缺水的困境，不過他們追蹤鴕鳥時發現了一片樹林，長有一片肥沃的綠洲，水源充足。他建議我們返回時就走綠洲這條路，聽來似乎不錯，我們可以免去一番艱苦的高山跋涉，還有獵人護送我們到達綠洲。據說，從那裡可以看見沙漠遠處更豐沛的綠洲。

旅途還算輕鬆。第四天夜裡，我們再次來到區隔庫庫安納國和沙漠的山峰，腳下盡是沙浪，距離示巴女王峰北端約莫二十五英里。

第二天清晨，因法杜斯領著我們到達一個峭壁口，從這裡下去可以到達兩千多英尺的沙漠。

我們在此向這位摯友和堅強的老勇士因法杜斯告別。他鄭重地對我們道盡祝福，險些難過得失聲大哭，「我的主們，我再也看不到像你們這樣的人了。」他說。

向他道別也讓我們十分難過，古德在感動之餘，送給他一個紀念品，是什麼？是個眼鏡。（後來我們才知道是備用眼鏡）。因法杜斯看來十分開心，擁有這麼一件寶貝，可以想見日後這將為他的威望增色不少。試了幾次之後，他才把眼鏡戴上。

然後，嚮導為我們準備充足的水和食物，受到野牛軍團雷鳴似的道別，我們緊緊握了握因法杜斯的手之後，開始往山下走，雖然一切證明這是件艱難的任務，我們仍然設法在那天夜裡平安到達山谷。

那天夜裡，我們坐在火邊，仰望那些高懸絕壁時，亨利爵士說道，「你們知道的，我想這世上還有比庫庫安納更糟的地方，我在那裡度過的時間比我們剛剛度過的一、兩個月還糟，雖然我的經歷從來沒有這麼離奇，你們兩個呢？」

「我但願自己已經回去了，」古德嘆氣說道。

至於我，我想一切會逐漸好轉。一想到那場戰爭和密室裡的那段經驗，忍不住渾身打起冷顫！

第二天早晨，我們展開穿越沙漠的苦旅，同行的五名嚮導帶著充足的水。晚上就在空地紮營，次日一早又再度啓程。

第三天中午，我們終於看到了嚮導們口中的綠洲森林。太陽落下前的一小時，我們再次踏上草地，傾聽著潺潺的流水聲。

第二十章　重逢

這趟旅程中上演了最富戲劇性的一幕，實在不得不讓人大呼這世界眞是奇妙極了。

我安靜地沿著小溪在前方走著。溪水流出綠洲，慢慢地被乾涸的沙漠噬去。這時我猛地停下腳步，用力揉著眼睛，前方不到二十碼處，有人利用樹枝和乾草搭成小屋，座落在一片無花果的樹蔭下方，正向溪水，看來十分愜意。小屋樣式有點像是卡菲爾的窩屋，不過門口被改成正常尺寸。

「這種地方怎會出現草屋？」我自言自語著。話還沒說完，草屋的門開了，有個白人拐著走出來，身上穿著獸皮，滿臉濃密黑鬍。我一度以爲是烈日耀眼而使目光昏花。不可能啊，沒有獵人會出現在這種地方，更別說是駐紮在此。我們大家全都盯著他瞧，這時亨利爵士和古德走近。

「夥伴們，往那兒瞧！」我說道，「見到那名白人了嗎？還是我在做夢？」

大夥全都凝望著他，那名瘸腿大鬍子突然發出長嚎，然後跌撞地衝向我們。眼見就快到了跟前，他卻暈得栽地。

亨利連忙跨前。

「上帝啊！是我弟弟喬治！」他大喊。

一聽到屋外動靜，屋裡再度跑出個披著獸皮的人，他帶著槍向我們飛奔而來。一見了我，他也大叫出來。

「馬楚馬乍恩，你認不得我了嗎？我是獵人吉姆啊！我把你寫給主人的信弄丟了。我們受困在這裡兩年了。」說著說著，那人一頭倒下，高興得在地上打起滾來。

「你這個笨蛋！應該好好揚鞭抽你一頓！」我說。

這時，大鬍子醒來坐起，雙手緊緊握著亨利，激動得說不出一句話。不管曾經發生過什麼爭執，我猜是爲了女人，但我從來不問，現在全都釋懷了。

亨利終於開口，「我以爲你死了。我翻過所羅門山脈來找你，最後已不抱任何希望了，沒想到我倆竟能在這沙漠裡相遇，眞是一場奇遇啊！」

「兩年前，我本來也打算翻越所羅門山脈，」喬治回答，許久沒機會開口，說起話來顯得結結

巴巴，「走到這裡時，卻被一顆大石砸斷了腿，進退兩難，只得被迫留在這裡。」

我走上前，說道：「你好，喬治，記得我嗎？」

「啊，這不是獵人誇特曼嗎，還有古德？等等，夥伴們，我又開始頭暈了。這一切太神奇了，對於一個已經不抱希望的人來說，這是多麼令人驚喜！」

那晚，我們圍著柴火，喬治說著他的故事。他和我們一樣有著驚濤駭浪的經歷。約莫兩年前，他離開希坦達部落，出發前往所羅門山脈。我託吉姆帶給他的信遺失了，至今他不知情。根據他從當地土著得到的資訊，他沒有去示巴女王峰，而是朝著我們適才爬下的梯狀山坡走，而這條路顯然比約西．西爾維斯特拉的地圖標註的路好些。他和吉姆在沙漠中遭遇無數險難，最後到達這片綠洲。這時喬治卻遭逢意外。他們到達綠洲時，喬治坐在溪邊休息，吉姆則在上方不遠處的岸邊採擷蜂蜜，不料踩鬆一塊大石，落石砸斷了喬治的右腿。從那時起，喬治跛了腳，既不能前進，也不能折返，最後他們決定住在綠洲，如此至少仍有一線生機，倘若返回沙漠，必然是死路一條。

不過，他們不需費心尋找食物。來時帶有足夠的彈藥，綠洲旁常有大群野生動物前來覓水，特別是在夜晚時刻。於是他們開槍射殺、布置陷阱，獸肉作爲食用，原本的衣物破損了，便穿獸皮蔽體。

喬治最後說：「我們就這樣在這兒熬了兩年，過著魯賓遜的生活，渴望某日土著前來帶領我們離開，可是至今不曾見到人影。我們昨天做了決定，讓吉姆獨自前往希坦達部落求救。預定明天出發，但我不指望他能再度回來。我原以爲你早已忘了我，獨自在英國過著好日子，沒想到你竟然找到這兒來了。簡直是上帝的恩典，你也萬萬沒想到能在這兒見到我吧！這眞是世上最奇妙的事了，眞是奇蹟啊！」

亨利接續話題，說出我們這次冒險行動的主要片段，一直說到三更半夜。

「我的天啊！」喬治看到我拿出的鑽石後大呼著，「除了找到我這個一文不值的人，你們的冒險旅程還是有收穫的。」

亨利笑道：「鑽石歸誇特曼和古德所有。我們一開始便說定，所得財寶歸他們兩個人平分。」

這話讓我陷入沉思。同古德商量後，我告訴亨利，我們決定和他平分鑽石。若是他不接受，就把他的那份交給弟弟喬治，畢竟喬治爲了尋找這些寶藏，比我們嚐到更多苦頭。最後，我們終於說服亨利接受，但喬治後來才知情。

故事至此也該畫上句點了。我們歷經千辛萬苦，終於穿越沙漠，返回希坦達部落。一路上，爲了照顧喬治而費盡心思，他的右腿情況很不樂觀，不時露出碎骨。總之，我們回來了。

返回希坦達後，我們取回寄放在那裡的槍枝和貨物，一切安然無恙，不過負責看管的僕人眼見我們活著回來取貨，露出百般不願。六個月後，我在德班附近的伯利亞住處，安然地寫著這些故事。我在那裡送別了朋友，他們陪伴我走過漫長而豐富經歷裡最爲奇特的一段旅程。

剛寫完最後一字，一個土著從郵局捎來一封信，來自亨利，在此全文收錄。

一八八四年十月一日

約克郡布萊雷公館

親愛的誇特曼：

喬治、古德和我都已安抵英國。我們在南安普頓下船進城。第二天，古德刮淨鬍子，穿了一件合身的長大衣，配上一副新眼鏡，你真該瞧瞧他那風度翩翩的模樣。我們一起去公園，遇到幾位熟人，我便立刻把古德「美麗的白腿」的故事告訴他們。

後來某個多事的人將這事登上報紙，氣得古德直跺腳。

現在回歸正題。我和古德依照原定計畫把鑽石拿去珠寶店估價。你絕對料想不到出價多高，太不可思議了。據他們所言，這麼高品質的鑽石尚未流入市場，因此他們也不知具體價值，只能臆測。不提那幾顆最大的鑽石，其他小鑽石都能媲美上等的巴西鑽石。我問對方是否有意購買，但都回稱買不起，他們建議我們花幾年時間逐一賣出，否則唯恐攪亂市場。不過，他們倒是願意出十八萬英鎊買下其中一小部分。

誇特曼，你得回來處理這些事情。至於三分之一的贈與，我決定讓給弟弟喬治，這些得由你回來親自處理。古德的情況不太好，成天忙著刮鬍子等修飾儀容的瑣事，虛擲人生。我想，他仍無法忘懷福樂塔，他說回來後不曾看過有哪些比得上她的女人，不是身材不夠婀娜，就是笑容不夠甜美。

老友啊！我希望你能回來，就近買幢房子。你已經完成工作，而且也累積了不少財富，附近正好有房子出售，應該能讓你滿意。你得盡快回來，不妨在返程船上完成剩下的故事。在你完稿之前，我們都不敢談論這些冒險故事，唯恐人們心生懷疑。若是你一收到信便隨即動身，應能在耶誕節前抵達，我必定熱切地為你洗塵。古德和喬治也會一起來。附帶一提，你的寶貝兒子哈里也在這裡（就算是對你的小小賄賂吧）。我已經和他一起打獵長達一個禮拜，我喜歡這個孩子。他替我取出子彈，然後大力宣傳著在狩獵隊伍裡安置一名醫生的用處！

再會，我的老友，信裡不再贅述。請務必回來。

你的摯友　亨利・科蒂斯

附註：從那頭殺死特瓦拉的大象身上取下的象牙，如今掛在我的客廳，下方掛著你贈送的牛角，著實看來氣宇非凡。那柄砍下特瓦拉腦袋的戰斧在我的寫字臺上方。若能帶回那身護胸則更顯完美不過。記得收好福樂塔的籃子，這只籃子為你帶回了鑽石。

亨利・科蒂斯

今天是週二，週五有開往英國的船，我想也該回去一趟，看看我的愛子哈里了。

國家圖書館出版品預行編目資料

所羅門王的寶藏／亨利．萊特．哈格特（Henry Rider Haggard）著；林久淵 譯－－初版．－－臺中市：晨星，2008〔民 97〕

面；　公分．－－（愛藏本；79）譯自：（King Solomon's Mines）ISBN 978-986-177-186-1(平裝)

873.57　　96023880

愛藏本 79

所羅門王的寶藏

作者	亨利．萊特．哈格特
譯者	林 久 淵
責任編輯	曾 怡 菁
美術編輯	柳 惠 芬
校稿	蔡 以 眞
封面及內頁繪圖	陳 彥 廷
發行人	陳銘民
發行所	晨星出版有限公司 台中市工業區30路1號 TEL：04-23595820　Fax：04-23597123 E-mail: morning@morningstar.com.tw http://www.morningstar.com.tw 行政院新聞局局版台業字第2500號
法律顧問	甘龍強律師
承製	知己圖書股份有限公司　TEL：(04)23581803
初版	西元2008年4月30日
總經銷	知己圖書股份有限公司 郵政劃撥：15060393 （台北公司）台北市106羅斯福路二段95號4F之3 TEL：(02)23672044　FAX：(02)23635741 （台中公司）台中市407工業區30路1號 TEL：(04)23595819　FAX：(04)23597123

定價190元
（缺頁或破損的書，請寄回更換）

ISBN 978-986-177-186-1
Published by Morning Star Publishing Inc.
Printed in Taiwan

◆讀者回函卡◆

以下資料或許太過繁瑣，但卻是我們瞭解您的唯一途徑
誠摯期待能與您在下一本書中相逢，讓我們一起從閱讀中尋找樂趣吧！

姓名：__________________性別：□ 男 □ 女 生日： / /

教育程度：______________

職業：□ 學生 □ 教師 □ 內勤職員 □ 家庭主婦
□ SOHO族 □ 企業主管 □ 服務業 □ 製造業
□ 醫藥護理 □ 軍警 □ 資訊業 □ 銷售業務
□ 其他 ___________________

E-mail：____________________________ 聯絡電話：__________________

聯絡地址：□□□____

購買書名：____

・**本書中最吸引您的是哪一篇文章或哪一段話呢**？________________________

・**誘使您 買此書的原因**？

□ 於 ________ 書店尋找新知時 □ 看 ________ 報時瞄到 □ 受海報或文案吸引
□ 翻閱 ________ 雜誌時 □ 親朋好友拍胸脯保證 □ ________ 電台DJ熱情推薦
□ 其他編輯萬萬想不到的過程：______________________________________

・**對於本書的評分**？（請填代號：1. 很滿意 2. OK啦！ 3. 尚可 4. 需改進）

面設計 __________ 版面編排 __________ 內容 __________ 文／譯筆 __________

・**美好的事物、聲音或影像都很吸引人，但究竟是怎樣的書最能吸引您呢**？

□ 價格殺紅眼的書 □ 內容符合需求 □ 贈品大碗又滿意 □ 我誓死效忠此作者
□ 晨星出版，必屬佳作！ □ 千里相逢，即是有緣 □ 其他原因，請務必告訴我們！

____

・**您與衆不同的閱讀品味，也請務必與我們分享**：

□ 哲學 □ 心理學 □ 宗教 □ 自然生態 □ 流行趨勢 □ 醫療保健
□ 財經企管 □ 史地 □ 傳記 □ 文學 □ 散文 □ 原住民
□ 小說 □ 親子叢書 □ 休閒旅遊 □ 其他 _________________________

以上問題想必耗去您不少心力，爲免這份心血白費
請務必將此回函郵寄回本社，或傳眞至（04）2359-7123，感謝！
若行有餘力，也請不吝賜教，好讓我們可以出版更多更好的書！

・**其他意見**：

晨星出版有限公司 編輯群，感謝您！

請填妥後對折裝訂，直接投郵即可，免貼郵票。

廣告回函
台灣中區郵政管理局
登記證第267號
免貼郵票

407
台中市工業區30路1號
晨星出版有限公司

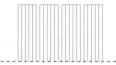

請沿虛線摺下裝訂，謝謝！

更方便的購書方式：

(1) 網站：http://www.morningstar.com.tw
(2) 郵政劃撥 帳號：15060393
戶名：知己圖書股份有限公司
請於通信欄中註明欲購買之書名及數量
(3) 電話訂購：如爲大量團購可直接撥客服專線洽詢

◎ 如需詳細書目可上網查詢或來電索取。
◎ 客服專線：04-23595819#230 傳眞：04-23597123
◎ 客戶信箱：service@morningstar.com.tw